Patron p

Ils sont pleins d'amour et m

Frantz C

PATRON PÉCHEUR

First edition. October 5, 2024.

Copyright © 2024 Frantz Cartel.

ISBN: 979-8227507525

Written by Frantz Cartel.

Also by Frantz Cartel

Bouche à bouche
La première Noëlle de Storme
Frappant
Le cœur n'est jamais silencieux
Une nuit dans une tempête de neige
Les plaisirs du carnaval
Nuits d'été moites
Sauver la mariée
Été de femme chaude
Un petit elfe dans les parages
L'assistant du milliardaire
Mon petit garçon
Valeur
La petite amie du gangster
Plus que lui
La malédiction de la débutante
L'amour de la douleur
Appuie-toi sur moi
Osez-vous
Couvrant ses six
Les garçons de l'automne
Protéger son obsession
Son corps céleste
Donut taquine-moi
Aimer le patron
L'explosion
Quand elle était méchante
Venise
Osez être coquin
Le patron de papa
Le baiser de septembre
Le voisin d'à côté
Trois règles simples

Professeur sale
L'homme méchant
Son professeur dégueulasse
La bonne fille
Sa femme naïve
Notre chance
Envoie-toi un SMS
Le douzième enchantement
L'éternité du milliardaire
Chance
Petit fou
Suspendu
Patron pécheur

Sloane :

J'ai toujours préféré la compagnie des animaux à quatre pattes.

Ils sont pleins d'amour et me laissent être moi-même. C'est pourquoi je vais à l'école pour devenir vétérinaire.

Quand je finirai par travailler pour l'ami de mon frère pendant l'été, je ne m'attends pas à faire la lessive de Maximillian Hawthorne.

Il est riche, prétentieux et un vrai casse-pieds.

Dommage que lorsque je connais mon patron sexy, il me donne envie de ronronner.

Mais suis-je prête à partager mon cœur avec d'autres personnes que mes amis animaux ?

Maximillian :

J'ai toujours eu beaucoup d'argent.

Et les gens ont toujours essayé de me le voler, que ce soit dans des entreprises, des événements de réseautage ou des investissements douteux.

C'est pourquoi je me méfie immédiatement de ma nouvelle assistante personnelle.

Sloane est altruiste, magnifique, pulpeuse et trop belle pour être vraie.

Quand je réalise que sa beauté est plus que superficielle, tout change.

Maintenant, je dois juste lui montrer que nous – et les animaux – sommes faits l'un pour l'autre.

Chapitre 1

Max

Je termine l'appel et prends une profonde inspiration avant de me tourner vers mon compagnon, Liam. « C'est si difficile de trouver une bonne aide ces jours-ci. »

« Que s'est-il passé ? » demande Liam.

« Mon assistant personnel vient de démissionner. Maintenant, je dois trouver quelqu'un de nouveau en qui j'ai confiance dans les prochains jours. » Je prends une gorgée de mon vieux whisky. « Quelle galère. »

« Quel genre de travail feraient-ils ? » Liam s'enfonce plus profondément dans son fauteuil en cuir marron à dossier haut. Tout est de premier ordre au Oakwood Club, y compris leurs boissons et leur décoration.

« Aidez-moi juste avec quelques projets personnels. Pourquoi cet intérêt ? » Je fais attention à ne pas trop en dire. Même si Liam semble être un type bien, je sais par expérience que trop en dire peut conduire à une trahison plus tard.

Tout le monde dans ma vie veut quelque chose de moi – c'est le fléau d'être l'héritier du groupe Hawthorne. Au moins, Liam est franc à ce sujet, et pas trop autoritaire. Quelque temps après avoir rencontré sa femme, Izzy, il a changé d'orientation. Il a toujours la volonté et la détermination de réussir en tant qu'investisseur, mais il a perdu cette pointe de désespoir. Comme s'il était bien dans sa peau et dans sa vie, que je l'aide ou non.

C'est plutôt rafraîchissant, mais des années de cynisme m'empêchent de me détendre complètement avec qui que ce soit. Même avec des gens qui pourraient être des amis, pas seulement des alliés en affaires. Quand je m'y autorise, mon frère Grayson me manque. Mais il est à Fairview, apparemment bien installé.

« Ma sœur a du temps cet été. Elle reste chez mes parents jusqu'à la fin de ses études. Elle est calme, mais compétente. Veux-tu que je lui parle ? »

Mon esprit passe en revue les possibilités et les implications. Ce n'est pas une mauvaise idée. En tant que sœur de Liam, elle est probablement relativement compétente. De plus, garder son frère dans mes bonnes grâces devrait la rendre suffisamment malléable. Il est toujours bénéfique d'avoir plusieurs moyens de pression sur ses employés.

« Bien sûr. Qu'elle appelle mon assistant... » Bon sang, je dois embaucher quelqu'un tout de suite. « Liam, mon bonhomme. Si ta sœur est intéressée, envoie-moi un message et dis-lui de se présenter à ma résidence lundi à sept heures et demie précises. Je ne supporte pas les retards.

— Tu ne veux pas la rencontrer en premier ? —

Je te fais confiance pour savoir que tu ne veux pas me faire chier. Finissant mon verre, je le pose sur la table d'appoint en bois poli. Je me lève, fais un signe de tête à Liam, puis sors du bâtiment.

???

Ma première gorgée de café est interrompue par la sonnerie de ma porte. Qui diable est à ma porte en premier lieu un lundi matin ? Je pose ma tasse et me dirige vers la porte d'entrée, l'ouvrant brusquement et prête à déchaîner ma colère.

Une femme magnifique se tient sur mon porche. Pas ce à quoi je m'attendais. Elle a de longs cheveux noirs relevés en une simple queue de cheval. De longs cils épais encadrent des yeux bleu foncé. Une ceinture à la taille de son simple cardigan noir et de sa chemise blanche souligne sa silhouette en sablier. Son look est complété par une jupe crayon violet foncé et des talons élégants.

« Que fais-tu ici ? » J'aboie pratiquement à la femme, désorientée par sa présence inattendue et l'afflux de sang qui épaissit ma bite.

« Tu m'as dit d'être là. » Sa tête s'incline alors qu'elle me regarde d'un air pensif. « M'as-tu oublié, M. Hawthorne ? »

Je parcours mes souvenirs des derniers jours, sans rien trouver. Je me souviens avoir envoyé chercher un sosie blanc comme neige délicieux. « Vous devez vous tromper. Vous devez partir immédiatement. » Je tends la main pour fermer la porte.

« Dois-je dire à Liam que vous avez changé d'avis ? »

Dès qu'elle prononce le nom de Liam, tout s'enclenche. Ce doit être sa sœur. Il a oublié de mentionner qu'elle ressemble à quelqu'un que j'aimerais lécher comme une cuillerée de crème brûlée. Non pas qu'il la considérerait comme ça. Bon sang.

J'inverse la prise de la porte et l'ouvre. « Je pourrais me rappeler une telle conversation avec ton frère, après tout. Tu peux entrer. »

« Merci. » Ses talons claquent sur le sol en marbre blanc du hall.

Je la ramène à la cuisine et, plus important encore, à mon café. « Normalement, mon assistante m'aurait rappelé notre rendez-vous. C'est pour ça que j'ai besoin de toi. »

Elle hoche la tête, toujours sans dire grand-chose. En fait, si je ne savais pas mieux, je penserais qu'elle me jugeait en silence.

Je plisse les yeux, l'observant pendant qu'elle examine la cuisine, y compris les appareils en acier inoxydable, une cuisinière à gaz et un four professionnels, deux réfrigérateurs à double porte de qualité commerciale et des comptoirs en marbre noir. Je suis presque sûr qu'elle peut dire que la seule chose que j'ai jamais utilisée ici est la cafetière.

Ses lèvres rouges charnues se pincent et ma bite s'allonge en réponse. Le pantalon de pyjama en soie ne cache rien, même s'il est noir. Mon impatience augmente avec mon excitation.

Je n'aime pas ça. Je n'aime pas avoir oublié qu'elle venait. Je n'aime pas mon attirance pour elle. Et je n'aime pas son silence.

« Aujourd'hui, tu vas nettoyer les salles de bain et repasser les draps. » Je l'examine une fois, en prenant soin de dissimuler à quel point elle m'attire. « Peut-être que la prochaine fois tu t'habilleras de manière plus appropriée.

» « Tu devrais pouvoir trouver les produits de nettoyage et autres accessoires dans un placard quelque part. Je pars dans trente minutes et ne serai pas de retour avant le soir. Tu peux nettoyer les toilettes de ma chambre, mais laisse tout le reste là. » «

Demain, j'aurai des papiers à te faire remplir, y compris un accord de confidentialité. Ne sois pas en retard. »

Elle se tourne vers moi, sans sourire, ses yeux bleus étincelants. « Tu ne supportes pas les retards. »

Je me racle la gorge. « Tout à fait. »

Je sors de la cuisine pour qu'elle ne voie pas mon corps épais qui tente de toute urgence mon pyjama. Je ne me suis jamais sentie aussi déconnectée, surtout chez moi. Demain, je serai mieux préparée.

Chapitre 2

Sloane

Jackass. Il est parti sans même demander mon nom. Je n'ai jamais insulté quelqu'un dans ma tête immédiatement après l'avoir rencontré. Pas étonnant que Liam l'appelle parfois Max the Ass.

C'est pourquoi je préfère les animaux. Ils ne sont jamais impolis. S'ils vous font du mal, ce n'est jamais personnel. Ils ne vous jugent pas parce que vous portez la mauvaise tenue pour un travail pour lequel vous n'avez jamais reçu de description.

Un animal ne se promènerait pas non plus comme un mannequin masculin, exposant ses abdominaux serrés, sa peau bronzée et son important corps. Non pas que je regardais... exprès. Mais pour l'amour du ciel, il était impossible de ne pas le remarquer.

Ça et le fait qu'il n'ait pas eu mon numéro de téléphone. Je suppose que s'il veut me contacter, il devra passer par Liam. C'est bien fait pour eux deux. Max, pour avoir été un crétin inconsidéré, et Liam pour m'avoir proposé ce foutu travail en premier lieu.

Tout d'abord, je ferais mieux de me familiariser avec la situation. En fait, j'ai hâte d'explorer cette maison monstrueuse. Mais pas avec ces talons. En retirant mes chaussures, je hausse les épaules. Ce que Max ne sait pas ne lui fera pas de mal. S'il a un problème avec ses employés qui ne portent pas de chaussures, il peut m'assigner une autre tâche ou me donner un aperçu de mes tâches réelles. Ce qui n'inclut pas le nettoyage quotidien des toilettes, sinon je m'en vais.

La curiosité me fait jeter un œil dans les pièces, déambuler dans les couloirs et vérifier les choses. Il n'a pas précisé où se trouvent les produits de nettoyage, donc je me sens complètement justifiée de fouiner. La moitié des pièces n'ont aucun meuble du tout, comme s'il n'avait emménagé qu'à moitié.

Alors que je passe la tête dans une bibliothèque formelle avec une énorme cheminée, je dois admettre que l'homme a du goût. Du moins en ce qui concerne sa maison. La bibliothèque a le potentiel d'être le rêve d'un lecteur avec deux étages d'espace pour les livres, des canapés rembourrés et beaucoup de lumière indirecte entrant par la fenêtre du sol au plafond.

Je suis tentée de rester et de trouver un coin avec un livre, mais je suis payée. Ce n'est pas parce que mon employeur est un beau gosse que je ne dois pas faire mon travail. Du moins pas avant de le lui dire en face.

Finalement, je trouve les produits de nettoyage rangés dans un placard à linge au hasard. Quelques minutes et quelques pièces plus tard, j'entre dans ce qui est clairement la chambre principale. Plutôt que la plate-forme surélevée criarde avec un lit à baldaquin, c'est en fait une magnifique pièce. Énorme, évidemment, avec du parquet, des murs gris pâle, un coin salon avec une cheminée et un lit king size. Les meubles sont en bois sombre et la pièce est décorée de touches de blanc et de canneberge.

Une porte mène à un immense dressing qui semble probablement encore plus grand qu'il ne l'est en réalité car il n'y a presque pas de vêtements dedans. Peut-être une demi-douzaine de costumes, quelques paires de chaussures de ville et de baskets, et quelques vêtements décontractés. Tout cela occupe peut-être un huitième de l'espace.

Le placard me donne une idée, et quelques minutes plus tard, ma chemise et mon cardigan sont jetés sur le lit de Max, et je porte un de ses simples t-shirts blancs. Voilà. Il est un peu serré au niveau de la poitrine et des hanches, mais il est assez long pour couvrir la majeure partie de ma jupe. De plus, maintenant, je n'ai plus à me soucier de mettre des produits de nettoyage sur mes beaux vêtements.

Je suis sur le point de me diriger vers la salle de bain – bon sang, j'appelle ça des toilettes – quand j'entends des coups dans le couloir.

« Qu'est-ce que... ? » Cela demande une enquête. Max n'a rien dit sur la présence de quelqu'un d'autre dans la maison. J'attrape une serpillère et marche sur la pointe des pieds en direction du bruit. Il vient d'une des pièces que je n'ai pas explorées.

Avec mes compétences furtives de chat, je jette un œil par-dessus le montant de la porte.

« Pose le bureau là-bas. » De derrière, je vois une femme qui ordonne à trois gars costauds d'arranger les meubles dans ce qui ressemble à un bureau à domicile. Que suis-je censée faire ? J'avais à peine envie de m'occuper de Max. Maintenant, je dois trouver comment me frayer un chemin parmi toute une équipe de personnes juste au bout du couloir.

La femme se retourne et je vois son profil familier.

« Paige ? » Le nom m'échappe avant que je puisse y penser.

Elle se tourne vers la porte et bien sûr, c'est la petite amie de Conal.

« Sloane ! Que fais-tu ici ? » Tandis qu'elle parle, je me souviens du barbecue familial où Paige a annoncé qu'elle avait obtenu le poste de décoratrice d'intérieur de Max. Mon frère, Conal, avait l'air plus fier qu'un paon. Je n'arrive pas à croire que j'aie oublié qu'elle travaillait peut-être ici.

En me redressant, je desserre ma prise sur la serpillère. Paige est une chérie, et pratiquement de la famille, donc c'est plus facile de discuter avec elle.

« Liam m'a trouvé un emploi d'assistante personnelle de Max », j'explique.

Paige me regarde d'un œil et sourit. « Assistante personnelle, hein ? »

Le sang me monte aux joues lorsque je me souviens que je porte la chemise de Max au lieu de la mienne. « Je viens de commencer aujourd'hui », je bégaie. « Il ne m'a pas dit que je nettoierais les toilettes. »

« Les toilettes ? » Les sourcils de Paige se sont levés vers le ciel.

« Je pense qu'il a oublié que je venais, alors il m'a assigné un travail de conneries. »

Paige lève les yeux au ciel mais ne dit pas un mot. Après tout, elle est sous contrat pour travailler pour lui. « Eh bien, si ça devient trop grave, tu pourras toujours retourner au refuge pour animaux. Même si, entre toi et moi, il a besoin de quelqu'un qui ne réponde pas à tous ses caprices. »

« Le semestre à l'école vétérinaire vient de se terminer, et je suis toujours bénévole à Penny's Pups pendant mon temps libre. C'est juste mon travail quotidien. »

Paige hoche la tête en signe d'approbation. Ça fait du bien d'avoir son soutien, surtout quand je ne suis pas sûre à cent pour cent de ce que je fais ici.

« Tu veux voir ce que nous faisons ? » demande-t-elle.

« Bien sûr. »

Une fois que Paige a mon attention, elle est comme une maman fière au spectacle de talents de ses enfants. Elle me fait visiter la maison, se vante de ce qu'elle a terminé et explique ce qui est en cours. Une heure plus tard, nous sommes de retour au point de départ.

« Quels sont tes plans pour la bibliothèque ? » Ce que je veux vraiment savoir, c'est si elle sera terminée avant que je retourne à l'école.

« Nous n'irons pas à la bibliothèque avant quelques mois. Pour l'instant, ce n'est pas une priorité absolue. »

« Eh bien, la chambre principale est ma préférée. »

« Oh, vraiment ? » demande-t-elle avec un regard sournois dans les yeux.

Mes joues s'échauffent à nouveau. « C'est juste que j'aime vraiment les couleurs et le design. »

« Je te taquine juste. Je pense que ton frère déteint sur moi. » Paige rit en me prenant dans ses bras. « Si tu as du temps plus tard cette semaine, allons déjeuner ensemble, d'accord ? Je dois retourner au travail. »

« Bien sûr. Si je suis toujours là. » Je m'écarte, prête à nettoyer les toilettes, repasser ses foutus draps et partir d'ici.

Paige sourit. « J'ai le sentiment que tu trouveras une raison de rester. »

Secouant la tête, je retourne aux toilettes de Max. Paige a toujours été optimiste, mais il faudra plus qu'un pot d'or pour me donner envie de rester dans ce boulot de merde. Même si le patron est délicieusement magique.

Chapitre 3

Max

« Je te verrai la semaine prochaine, Sloane. » Lundi, j'étais à mi-chemin du bureau quand je me suis rendu compte que je ne connaissais pas son nom. Il m'a fallu quelques manœuvres sociales pour l'obtenir de Liam sans me trahir. Depuis, son nom – et ses délicieuses courbes – hantent mes pensées. Pour tenter de rappeler à ma libido qui est aux commandes, j'ajoute : « N'oublie pas de passer chercher mon linge au pressing lundi. »

Sloane hoche la tête en guise d'au revoir et sort de la pièce. Mon regard se tourne vers son cul pulpeux, comme c'est le cas depuis le début de la semaine. C'est vendredi soir et je n'arrive pas à décider si je suis contente de quelques jours de répit ou si je vais me sentir en manque.

Après le premier jour, elle a commencé à venir travailler en jean et en chemise moulante. Ce qu'elle porte n'a pas d'importance : elle a toujours l'air d'une déesse avec sa peau crémeuse, ses longs cheveux noirs et ses yeux bleus étincelants.

Quand elle est arrivée mardi, je lui ai donné des tâches plus appropriées. J'ai effectivement besoin d'une assistante personnelle pour m'aider à gérer mes nombreuses responsabilités. Elle organise mon agenda, filtre mes appels et fait des courses importantes. Parfois, nous travaillons dans ma propriété et déjeunons ensemble dans ma cuisine. Parfois, nous travaillons dans les bureaux du groupe Hawthorne.

Jusqu'à présent, elle a été exemplaire dans ses fonctions. Un peu calme, mais elle fait le travail. Maintenant, il s'agit simplement de résister à l'envie d'étendre ces tâches. Je vérifie mon agenda une dernière fois, comme je le fais tous les jours avant de quitter le bureau. Zut. J'ai oublié que j'allais avoir besoin d'aide demain après-midi pour une course très importante. Ma première pensée est Sloane, mais j'ai besoin de quelqu'un en qui je puisse avoir confiance, et je ne suis toujours pas sûr de sa loyauté et de sa discrétion. Au lieu de cela, je décroche le téléphone et appelle mon frère. De toutes les personnes, il devrait être prêt à aider étant donné la nature sensible du sujet.

« Salut, Max. Quoi de neuf ? »

« Bonjour, Grayson. Est-ce que, par hasard, tu aurais demain après-midi et soirée libres ? »

« Donne-moi une seconde. J'enverrai un message à Lily. »

Heureusement, mon frère ne peut pas me voir lever les yeux au ciel. Depuis qu'il a épousé Lily, il ne peut rien faire sans sa permission. Je ne donnerai jamais à une femme autant de pouvoir sur moi.

Grayson revient au téléphone. « Elle me rappellera dans une seconde. Pour quoi as-tu besoin d'aide ? »

« Mon assistante personnelle habituelle a démissionné la semaine dernière et il est temps pour moi de m'acquitter des responsabilités traditionnelles de Hawthorne. »

Il rit. « Ah, c'est le moment du mois ? »

« Petit frère, cette blague est dépassée depuis longtemps. »

« Hé ! C'est drôle. En plus, ce n'est pas de ma faute si tu as perdu ton sens de l'humour pendant la puberté. »

Mes lèvres se pincent. Je refuse de répondre à ses moqueries.

« Attends. Lily vient de répondre... Je suis désolée. Nous avons des projets pour demain. Est-ce que tu as quelqu'un d'autre qui peut t'aider ? »

— C'est bon. Je vais trouver une solution. Je raccroche. C'est tellement gênant que Grayson vive à Fairview. Je ne l'admettrais jamais à voix haute, mais mon frère me manque. C'est la seule personne avec qui j'ai une relation où je suis sûre qu'il n'a pas de problème.

Je secoue la tête et soupire. Je ne peux pas annuler ces plans. Mais je ne peux pas les faire moi-même. Je vais devoir demander l'aide de Sloane.

J'appuie sur sa numérotation rapide sur le téléphone du bureau et je mets Sloane sur haut-parleur.

— Allo ?

— Sloane, j'ai besoin de toi demain à 16 heures. Retrouve-moi dans mon bureau. Mes pensées font un détour alors que j'imagine pousser Sloane sur mon bureau et la violer.

Je suis tellement distrait par mes pensées que je rate sa première réponse.

— Pardon ? —

J'ai dit non. Elle a l'air inquiète. Comme si elle craignait que je sois confuse.

Pour être honnête, pendant un moment, je suis confuse.

Une fois que j'ai compris sa déclaration, je serre les dents et je suis de plus en plus irritable. Les gens ne me disent pas non. Je suis Maximillian Hawthorne, PDG du prestigieux groupe Hawthorne et je ne me laisserai pas traiter avec condescendance. Surtout par une femme qui a à peine le courage de parler en public.

Sloane est mon employée. Elle a accepté le poste et la généreuse compensation financière. Son travail consiste à faire ce que je dis, quand je le dis.

« Qu'est-ce que tu veux dire, non ? » Ma voix est tranchante et dangereuse, comme une épée tirée de son fourreau. La plupart des gens savent qu'il ne faut pas s'en prendre à moi, surtout quand je suis de mauvaise humeur.

« Je travaille du lundi au vendredi. Demain c'est samedi et j'ai d'autres projets. »

« Annule tes projets. »

« Euh, non ? » Son ton donne l'impression que je suis le personnage ridicule de notre conversation. Ce qui m'exaspère encore plus.

« Tu seras là demain, Sloane. » Ma voix est tranchante comme un couteau, profonde et nerveuse. Je claque ma main sur le téléphone, raccrochant. Le souffle court, les muscles tendus, je me dirige vers le bar du bureau, versant une quantité généreuse de scotch de vingt-cinq ans dans un verre. Mes jointures blanchissent tandis que je serre ma main autour du verre.

Quelque chose chez Sloane m'agace au niveau biologique. Évidemment, l'alchimie entre nous est explosive. Sa sensualité suinte par tous les pores. Mais il y a quelque chose de plus. Son attitude calme cache une obstination que je vois rarement, même parmi mes pairs estimés.

Quand je suis rentrée à la maison lundi dernier, les toilettes étaient nettoyées et les draps repassés comme je l'avais demandé. Cependant, il n'a pas fallu être un détective pour comprendre qu'elle avait également fouillé dans mes placards, défiant de toute évidence mes ordres de laisser mes affaires tranquilles. Trouver mon t-shirt auparavant propre qui attendait sur mon lit n'était clairement pas un accident.

N'importe qui d'autre aurait été immédiatement renvoyé pour avoir ignoré mes instructions. Malheureusement, Sloane est la sœur de Liam, et je ne veux pas nuire à ma relation avec lui. De plus, j'ai besoin d'un assistant personnel en ce moment.

Mais je dois admettre, du moins pour moi-même, qu'il y a des raisons plus intimes pour lesquelles Sloane est toujours à mon service. Elle a éveillé ma curiosité avec sa personnalité calme, sexy et têtue. Elle me met au défi quotidiennement, et je n'ai jamais été du genre à reculer devant un défi.

Si Sloane veut me défier, elle découvrira exactement comment je suis devenu le PDG le plus dominant et le plus énergique du secteur. Même si je dois la prendre sur mes genoux et lui donner une leçon pour y parvenir.

Chapitre 4

Sloane

Tu sais que c'est mauvais quand même les chiots et les chatons ne peuvent pas te calmer.

C'est samedi matin et je suis chez Penny's Pups. C'est un refuge pour animaux sur Vincent Street à Fairview. Je viens ici depuis des années, pour aider Penny avec les animaux. C'est le bénévolat ici qui m'a inspiré à devenir vétérinaire.

Même si je m'assure que tous les chenils sont propres, avec de la nourriture et de l'eau fraîches, mon esprit est bloqué sur la conversation avec Max the Ass. Après ce premier jour, la semaine s'était plutôt bien passée. J'étais arrivée à l'heure, j'avais fait tout ce qu'il demandait et je ne me suis jamais plainte. Les tâches et la routine étaient suffisamment simples pour que j'aie même commencé à avoir hâte de travailler, du moins pour le plaisir des yeux. Max sait bien porter un costume. Sans le vouloir, je me suis retrouvée à mesurer régulièrement la largeur de ses épaules et à admirer la coupe de son pantalon.

Je l'avais également entendu lors de plusieurs appels professionnels, sa voix profonde et autoritaire étant totalement sous contrôle. Il est peut-être un connard, mais il est clair qu'il sait ce qu'il fait quand il s'agit du groupe Hawthorne. J'avais oublié à quel point l'intelligence est attirante chez un homme. Max me l'a rappelé tous les jours de la semaine, à tel point que ma culotte était constamment humide à la fin de la journée.

Mais alors, pour qu'il exige ma présence pendant mon jour de congé ? Le connard sexy et prétentieux. Je suis généralement très calme, mais il m'a vraiment donné envie de siffler et de me gratter. Un peu de temps loin de lui ce week-end devrait me faire du bien... mais alors pourquoi suis-je si tenté de tout laisser tomber et d'aller le voir cet après-midi ?

En m'énervant, je ne remarque pas Penny qui me rejoint dans l'arrière-salle jusqu'à ce que je la percute presque avec une pelle pleine de crottes.

Elle se tient devant moi, les mains sur les hanches.

« Chica, tu dois me dire ce qui ne va pas. » Elle fait un geste vers certains des chiens. « Vous êtes plus calmes que d'habitude et vous avez rendu les chiens agités. »

En regardant autour de moi, je remarque que la plupart des chiens arpentent leur niche. Normalement, ils sont assis, heureux, remuant la queue. Mais pas aujourd'hui. Je soupire.

Penny me prend par le coude et me guide vers le porche arrière, où deux chaises de jardin en plastique attendent à l'ombre du bâtiment.

« Parle-moi. »

J'hésite, ne sachant pas exactement par où commencer.

« Très bien, je vais commencer. » C'est comme si elle pouvait lire dans mes pensées, probablement parce qu'elle est si douée avec les animaux.

« Cette semaine a été très stressante. Johnny a fait des heures supplémentaires au commissariat de police, mais il ne peut pas me dire pourquoi. Nate a décidé qu'il ne mangerait plus de légumes. Jamais. Et nous sommes censés avoir une nouvelle portée de chatons aujourd'hui, mais nous n'avons plus de place. Je ne sais pas ce que nous allons faire. Nous devrons peut-être les refuser. » Les épaules de Penny s'affaissèrent à son aveu. « À ton tour. »

« Eh bien », j'hésite à continuer. Les problèmes de Penny sont tellement plus gros que les miens, je me sens un peu gênée de partager mes problèmes avec elle. « Je travaille pour ce type pendant la semaine, et c'est un peu un connard. »

Elle hoche la tête d'un air encourageant. Mais je ne peux pas continuer. Et alors si Max est un con ? C'est l'ami de mon frère et il paie bien. Et alors s'il pense qu'avoir de l'argent lui donne le droit de traiter les autres avec irrespect ? Cela n'a rien à voir avec moi. Et alors s'il a une immense maison ? Elle est pratiquement vide. Au moins, ma maison est pleine de famille et d'amour.

Attends une minute. Le vrai problème : trouver un foyer temporaire pour une famille de chatons. Solution possible : une immense maison vide.

« Penny, j'ai une idée. » Je sens ma mauvaise humeur s'atténuer.

« Je pensais que nous parlions de ton patron ? »

« Nous le faisons. Il va compenser une partie de son mauvais comportement en nous aidant. »

???

Trois heures plus tard, je me gare devant la propriété de Maxmillian avec une boîte de chatons sur la banquette arrière et une boîte de provisions dans le coffre. J'ai appelé Paige, puisqu'elle travaille plus le week-end, pour vérifier que la voie était libre.

Elle me retrouve à la porte d'entrée. « Qu'est-ce que tu fais ? » murmure-t-elle, même s'il n'y a personne autour de nous.

« Je sauve ces chatons. » J'acquiesce résolument, même si intérieurement, je remets en question mon raisonnement. Mes intentions sont-elles vraiment pures, ou est-ce juste une excuse pour passer plus de temps chez Max ?

« En les amenant ici ? » demande-t-elle.

« Eh bien, je ne pouvais pas les ramener à la maison. Tu sais que ma mère ne me laisse plus amener d'animaux dans la maison. » Probablement parce que nous avons déjà trois chats, deux chiens, des poules, des cochons d'Inde et une tortue. Tous, sauf les chiens, sont à moi.

Paige hoche la tête, admettant à contrecœur que j'ai raison. « Mais comment vas-tu t'occuper d'eux ? Ce n'est pas comme si tu pouvais être là tout le temps. »

— Je pensais que tu pourrais peut-être m'aider. Je lui lance mes yeux de chiot pleins d'espoir. — Au moins jusqu'à ce que je trouve une solution.

Elle secoue déjà la tête. « Pas question. Tu ne vas pas m'entraîner là-dedans. »

Juste à ce moment-là, l'un des chatons miaule. Quelques secondes plus tard, ils miaulent tous les trois. Un timing parfait. J'ouvre la porte et sors la boîte, m'arrêtant juste devant Paige. Un chaton noir et deux chatons écaille de tortue la regardent avec de grands yeux verts.

« Très bien. Je vais aider. » Elle soupire comme si elle était obligée, mais je peux voir l'éclat dans ses yeux. La gentillesse des chatons l'emporte à chaque fois. « Gardons-les dans la bibliothèque. Personne n'y va, c'est loin de la pièce à vivre principale et il y a beaucoup de lumière chaude. »

Je lui tends la boîte de chatons et retourne à ma voiture pour le reste des fournitures. Cela me prend deux voyages, mais Paige semble parfaitement heureuse de divertir les chatons.

« Cet espace est trop grand pour qu'ils puissent simplement se promener. N'est-ce pas, chaton ? » La voix de Paige prend un ton chantant alors qu'elle parle à la fois à moi et au chaton noir dans ses bras.

« C'est pourquoi j'ai apporté cette cage pliable pour chat. Ils seront bien ici. » J'installe la cage, en veillant à inclure de la nourriture, de l'eau, des lits confortables et une litière.

Une fois que j'ai terminé, je me tourne vers Paige qui câline toujours le chaton noir. « Je sais que ce n'est pas une solution à long terme, mais ils ont juste besoin d'un endroit sûr jusqu'à ce qu'une place se libère chez Penny's Pups. »

« Et tu n'as pas peur que Max le découvre ? » Elle a le visage enfoui dans la fourrure du chaton, donc tout ce que je peux voir, ce sont ses yeux et ses sourcils levés.

Pendant une minute, je me souviens de Maxmillian Hawthorn the Third portant son pyjama lors de mon premier jour de travail. Seulement cette fois, dans mon imagination, il tient l'un des chatons contre sa poitrine musclée, souriant en lui caressant le petit dos. C'est l'une des choses les plus excitantes que je n'ai jamais vues.

Je secoue la tête pour dissiper l'image, souhaitant qu'il soit aussi facile de se débarrasser de la chaleur qui me brûle le cœur. Cela n'arrivera jamais de toute façon.

Il est plus susceptible d'emmener les chatons directement au refuge public pour animaux que de les câliner. Je ne suis pas trop inquiète, mais ce n'est peut-être pas une mauvaise idée de rester de son côté. Même si j'ai dit que j'étais occupée, je pourrais quand même le rencontrer à son bureau cet après-midi.

En ce qui concerne ses nouveaux invités, « ce que Max ne sait pas ne peut pas lui faire de mal ».

Chapitre 5

Max

Elle est en retard. Ou peut-être qu'elle ne vient pas. Ça ne me surprendrait pas. Elle dégage une obstination silencieuse qui me donne envie de lui donner une leçon jusqu'à ce qu'elle jouisse autour de ma bite.

Je jette un nouveau coup d'œil impatient à ma montre. Il est quatre heures et quart. Nous devons partir immédiatement ou nous n'y arriverons pas.

Quand Sloane arrive enfin, je l'attends déjà sur le parking, la mâchoire serrée, le sang-froid à vif. Elle sort de sa voiture, ressemblant à une déesse en jean, bottes noires montant jusqu'aux genoux et pull bleu foncé à col en V. Ma bite durcit en réponse automatique à sa beauté et à ses courbes, attisant les flammes qui brûlent déjà en moi.

« Tu es en retard. » Je marche dans sa direction jusqu'à ce que je me trouve dans son espace personnel. La tension entre nous monte, comme des vagues de chaleur sur le bitume brûlant.

Sloane hausse les épaules, ses yeux bleus clignant vers moi avec une innocence trompeuse. Elle ne répond pas à ma question. Sa rébellion silencieuse m'exaspère. C'est comme si elle jetait de l'huile sur le feu de mon désir. Ne réalise-t-elle pas que si elle continue à attiser le feu, elle va se brûler ?

Cela me donne envie de la punir. La punir pour son extérieur docile qui cache une colonne vertébrale d'acier. La punir pour sa beauté trompeusement délicate, une étude de contrastes avec ses cheveux noirs, sa peau blanche crémeuse et ses yeux bleu saphir. La punir pour m'avoir donné envie d'elle, pour être obsédé par elle, pour perdre mon contrôle prudent avec un haussement d'épaules insouciant.

Mon regard erre sur sa perfection, s'arrêtant sur un morceau de duvet sur son pull qui n'appartient pas à son domaine. Toujours à peine retenu, je le ramasse. « Est-ce que c'est de la fourrure de chat ? »

Elle hausse à nouveau les épaules, et l'enfer rageur de mon tempérament ne fait que s'enflammer davantage. Avant de pouvoir faire quelque chose que je ne regretterai pas, je lui attrape le coude et la conduis à ma voiture.

En une minute, nous sommes sur la route. Sloane est assise sur le siège passager, son doux parfum floral emplit la voiture.

« Où allons-nous ? » Même sa voix soyeuse est une tentation. Un leurre. Comme une sirène qui m'appelle jour et nuit.

« Vous verrez quand nous y serons. »

Elle souffle et retombe sur son siège. C'est tout. Je dois me calmer ou je vais m'arrêter et la prendre sur mes genoux. Essayant de reprendre un peu le contrôle, j'explique à Sloane quelle est sa tâche.

« Nous allons dans une bibliothèque communautaire. Vous avez rendez-vous avec la directrice. Elle pense que vous êtes un membre de la presse. Elle vous fera visiter les lieux et vous donnera l'occasion de poser quelques questions. J'ai déjà obtenu les détails pertinents, je n'ai donc pas besoin des faits. Ce que j'attends de vous, c'est de déterminer si le travail est approprié. Les usagers semblent-ils satisfaits ? Les employés sont-ils proactifs ? La bibliothèque profite-t-elle à la communauté ou est-ce une perte de ressources ? »

« Cette tâche ne devrait pas prendre plus de trente minutes. » Je me gare à quelques pas de la bibliothèque et fais un geste vers le bâtiment en briques. « C'est la bibliothèque. Je t'attendrai ici jusqu'à ton retour. »

Comme je l'aurais prévu, Sloane ne saute pas immédiatement sur l'occasion. Au lieu de cela, elle se tourne sur son siège jusqu'à ce qu'elle soit face à moi. « De quoi s'agit-il ? »

« Tu te souviens que tu travailles pour moi ? » je demande, le sarcasme évident dans mon ton. Soudain, je me sens fatiguée. En soupirant, je ferme les yeux et appuie ma tête contre l'appuie-tête. « Fais ça pour moi. C'est important. »

« D'accord. » Il y a quelque chose dans sa voix, de la curiosité au lieu de son indifférence habituelle. La tension se dissipe lorsque Sloane accepte sa tâche. « Comment s'appelle la directrice ? »

« Elle s'appelle Margaret Thornton. »

Je n'ouvre pas les yeux lorsqu'elle sort de la voiture. Pendant que j'attends, mon esprit saute entre mes responsabilités, mon travail de PDG du groupe Hawthorne et les courbes délicieuses de Sloane.

Trente minutes plus tard, Sloane retourne à la voiture. Je ne peux littéralement pas la quitter des yeux, la façon dont ses hanches se balancent avec une séduction inconsciente, la brise qui souffle dans ses cheveux soyeux. Elle ressemble à un top model, sauf qu'elle a des cuisses parfaitement épaisses. Ma respiration s'accélère et mon pantalon se resserre inconfortablement alors que je gonfle de joie.

C'est tout. Je me fiche qu'elle soit la sœur de mon amie. Je me fiche qu'elle ait postulé à ce poste uniquement pour les relations ou l'argent. Je n'ai jamais désiré quelqu'un comme je désire Sloane, avec une passion qui frise le péché. Et j'obtiens toujours, toujours ce que je veux.

Sloane ouvre la portière passager et se glisse sur le siège en cuir. Je laisse mon expression poser la question, un sourcil levé.

« C'est une adorable petite bibliothèque. Margaret était professionnelle et incroyablement passionnée par la mise à disposition de livres au public. Elle a parlé de ses projets d'agrandissement pour qu'elle devienne un lieu de rassemblement pour la communauté. Je l'aimais bien. »

« Et les employés ? »

« Il y avait quelques femmes qui travaillaient. Je ne les ai pas interrompues, mais elles semblaient engagées. L'une aidait un enfant à trouver un livre, l'autre faisait une exposition et je crois que l'autre était à l'arrière. » Son nez se plisse adorablement tandis qu'elle fouille dans sa mémoire.

« Et les clients ? C'était bondé ? »

« Oui, j'ai été surprise par le nombre de personnes présentes. Quelques mamans avec leurs enfants, des personnes âgées devant les ordinateurs et en train de surfer, même quelques adolescents auxquels je ne m'attendais pas un samedi après-midi. »

J'acquiesce. Elle confirme ce que je pensais. Il est temps de passer à l'étape suivante. J'embraye et m'engage dans la rue.

« C'est tout ? » Sa voix s'élève, confuse.

« Oui. Il me reste juste une tâche à accomplir. » Je me gare sur le parking de la poste, à quelques pâtés de maisons de la bibliothèque. Je sors une enveloppe préparée de la poche de ma veste et la glisse dans la boîte bleue du drive-in.

« Attends, c'était quoi ça ? » Elle tend la main vers la console et attrape mon avant-bras. « Max, tu ne vas pas faire de mal à ces gens, n'est-ce pas ? »

D'une seule question, elle rallume les flammes de mon tempérament et avec elle le désir de lui faire plaisir et de la soumettre jusqu'à ce qu'elle sache qui est le patron. Rapide comme un fouet, je lui prends la main, inversant nos positions et prenant le contrôle.

« Souviens-toi, Sloane... » Lentement, je la tire vers moi jusqu'à ce que nos souffles se mélangent et que je puisse voir le soupçon de taches de rousseur sur ses joues. Ses pupilles se dilatent tandis que je respire son doux parfum. « Ce ne sont pas tes affaires. »

La relâchant, je me retourne vers la route et prends une profonde inspiration. Adoptant mon ton professionnel, je continue : « Cet après-midi a été un terrible inconvénient. J'ai besoin de savoir que tu seras rapide et disponible pour tes tâches quand j'aurai besoin de toi. »

Discrètement, je lui jette un coup d'œil, remarquant ses mains serrées sur ses genoux. La satisfaction m'envahit à la preuve qu'elle est également affectée par moi.

« Pour mon confort, tu vas emménager immédiatement dans l'une de mes chambres d'amis. »

Au lieu du refus immédiat auquel je m'attends, Sloane propose un lent et calme « D'accord. »

La défiant de me défier, j'ajoute : « Nous passerons chez toi pour que tu puisses faire ton sac. »

« C'est bon », murmure-t-elle, et je pourrais jurer qu'elle réprime un sourire.

Mes yeux se rétrécissent de suspicion. Son insubordination faisait-elle partie d'un jeu ? Est-ce son jeu ? De se frayer un chemin jusqu'à ma maison jusqu'à ce que je ne veuille plus la laisser partir ?

Sloane ne sait pas qu'elle joue contre un maître. J'ai déjà joué à ces jeux contre des adversaires bien plus sophistiqués. Bientôt, elle apprendra que je suis toujours le meilleur.

Chapitre 6

Sloane

    Je ne tarde pas à préparer mon sac. Heureusement, mes parents sont sortis dîner, ce qui me permet d'éviter une confrontation. Je leur enverrai un message plus tard dans la soirée. Je prends une minute pour dire au revoir aux animaux. Rosie le chat reçoit un câlin. Magik le cochon d'Inde reçoit un raisin. Les chiens reçoivent des caresses sur la tête.

    Max attend dans l'allée, donc je ne tarde pas trop. De plus, il y a les chatons qui m'attendent dans sa bibliothèque. Je me sens comme un agent secret, traversant les lignes ennemies pour sauver mes camarades.

    Non pas que Max soit mon ennemi. En fait, lorsque nous étions à la bibliothèque, nous avions plutôt l'impression d'être presque amis, ou du moins de nous battre pour le même camp. Je ne sais toujours pas ce qui était si important dans notre mission. La directrice, Margaret, était tout ce que l'on peut attendre d'une bibliothécaire : informée, passionnée et responsable. J'espère ne pas avoir contribué à leur faire du mal d'une manière ou d'une autre.

    Le trajet jusqu'à sa propriété est calme. Mon sac est posé sur mes genoux comme une barrière, une protection contre le souvenir de lui me tirant près de lui par-dessus la console centrale. La tension entre nous ne s'est toujours pas dissipée. Nous nous arrêtons devant l'entrée principale. Bizarrement, il ne met pas la voiture en stationnement. Il garde juste le pied sur le frein.

    « Je suppose que vous savez où se trouvent les chambres d'amis ? » J'acquiesce, et il continue. « Je sors pour la soirée. »

    Hésitante, je sors de la voiture. Max attend à peine que je ferme la portière du passager avant de partir à toute vitesse. C'est quoi ce bordel ? Maintenant, je suis coincée ici sans voiture. Le cul.

    Peu importe. Je me dirige vers la maison, pose mon sac dans une chambre d'amis au deuxième étage et vais directement à la bibliothèque. Une fois que j'ai un chaton écaille de tortue sur mes genoux, je réalise que la journée n'aurait pas pu se passer mieux. Ma réaction instinctive avait été de refuser à Max quand il m'avait ordonné de rester chez lui, mais j'avais rapidement réalisé que c'était l'occasion idéale de m'occuper des chatons. Et puis, peut-être que je pourrais mieux connaître Max et voir au-delà de la façade de pierre qu'il présente au monde.

Un sentiment de soulagement m'envahit et je passe l'heure suivante à jouer avec les chatons.

Quand je vois qu'ils sont fatigués, je les remets dans la cage. Il se fait tard et j'ai un peu faim. De plus, j'aimerais faire le ménage avant d'aller me coucher. La chambre d'amis que j'ai choisie ressemble plus à une suite. La salle de bain attenante ressemble à un spa, tout est immense et étincelant. La baignoire est un rêve, et je décide rapidement de me faire plaisir avec un long bain chaud après avoir trouvé quelque chose à manger.

Dans la cuisine, je me prépare un sandwich et prends une bouteille d'eau. J'essaie de ne pas manger trop vite, mais cette baignoire m'appelle. La seule chose qui me ralentit est de chercher la réserve de vin de Max. Lorsque je ne la trouve pas après cinq minutes de recherche, j'abandonne le vin et décide de boire autre chose. Si je me souviens bien, il a un petit bar dans son bureau. Bingo. Quelques instants plus tard, je porte une bouteille de scotch cher dans ma salle de bain.

Peu de temps après, je me plonge dans le bain le plus luxueux de ma vie. L'eau chaude et le scotch me détendent et me réchauffent. Je pourrais rester dans ce bain pendant des heures. Malheureusement, je ne sais pas quand Max rentrera à la maison et je veux vérifier les chatons une dernière fois avant d'aller me coucher.

Mes doigts ont à peine commencé à se froisser lorsque je sors du paradis. Me sentant propre et calme, j'enfile mon pyjama confortable, qui se compose simplement d'un débardeur et d'un pantalon en coton fin. Emportant le scotch avec moi, je décide de prolonger la soirée. Les chatons ne m'en voudront pas si je prends un autre verre.

Les chatons sont toujours adorables. La bibliothèque inachevée est l'endroit idéal pour les cacher. J'ai apporté des jouets avec moi, et l'un des chatons écaille de tortue apprend à jouer à rapporter. De temps en temps, je lance une souris en tissu, la regardant courir après. Après une minute à la battre, elle la ramène et la laisse tomber à mes pieds.

Je la prends pour un câlin de chaton. « Je pense que nous t'appellerons Cali, ma douce. Qu'en penses-tu ? » Elle est facile à distinguer de sa sœur car c'est un bébé à orteils, avec sept orteils sur chaque patte avant. Elle lèche mon doigt puis se dégage de mes bras, se dirigeant directement vers son jouet.

L'autre chaton écaille de tortue me trouve et me frappe le bras, exigeant de l'attention et son propre temps de jeu. « Tu ressembles à une Eva. » Elle augmente le volume de son ronronnement tandis que je passe mes doigts sous son menton.

Je m'abstiens de nommer le chaton noir. Elle et Paige avaient un lien spécial. J'ai toujours eu un instinct quand il s'agit de voir les animaux trouver leurs humains, et je suis presque sûr que Paige voudra nommer elle-même cette petite fille.

Après avoir vérifié leur eau et leur nourriture, et savouré une dernière gorgée de scotch, je me dirige vers le bureau de Max pour rendre la bouteille. Le soleil s'est couché, laissant la plupart des couloirs dans l'ombre. Je suis sur le point de poser la bouteille sur le bar lorsque je réalise que quelque chose est différent. Une lampe est allumée dans le coin. Je me retourne lentement. Maxmillian est assis en silence sur une chaise, les yeux fixés sur moi.

« Je me demandais où ça avait disparu. » Il se lève et s'approche jusqu'à ce qu'il se profile au-dessus de moi, ses traits tranchants et dangereux dans la pièce sombre. Il passe la main autour de moi, prend la bouteille de ma main. Il ne recule pas. En fait, il semble se rapprocher alors qu'il débouche la bouteille et prend une gorgée, son regard brûlant dans le mien tout le temps.

« J'ai croisé ton frère ce soir. Nous avons eu l'occasion de nous rattraper. Notre conversation était éclairante. » Sa voix joviale dément l'intensité sombre de son expression. « Apparemment, tu as accepté le poste d'assistant personnel comme une « faveur » pour lui. Que jusqu'à ce qu'il insiste, tu ne voulais même pas travailler pour moi. Est-ce vrai ? As-tu accepté ce poste uniquement parce que ton frère te l'a demandé ? » Max semble en colère. Il semble aussi avoir déjà un peu bu. Moi aussi. Cela pourrait être une combinaison dangereuse.

« C'est vrai », répondis-je, hésitant à provoquer sa colère.

« Brillant. Tout simplement brillant. Des millions de personnes mourraient pour être à ta place, léchant mes bottes pour obtenir mon approbation. Mais pas toi. N'est-ce pas vrai, Sloane ? Tu vas à l'école pour devenir vétérinaire et sauver tous les animaux. » La dérision dans la voix de Max me coupe comme un couteau. Il doit voir la douleur dans mes yeux, car il recule enfin.

Je ne l'ai jamais vu comme ça. Tel un tigre vicieux, Max arpente la pièce, tout en grâce et en muscles. Il me lance un regard noir, des reflets dorés se reflétant dans ses yeux bruns ardents. Il est absolument captivant, fureur et puissance en mouvement.

Même si cela me terrifie, mon corps réagit à sa force et la chaleur se rassemble dans mon cœur. C'est alors que je remarque que les boutons du haut de sa chemise sont défaits et que ses manches sont retroussées, exposant une peau bronzée sur des muscles fermes. Son ombre de cinq heures lui donne une apparence pécheresse qui me donne envie de me mettre à genoux et de le supplier de libérer sa passion sur moi.

« Tu n'as aucune arrière-pensée. » Ma peau rougit et ma bouche s'assèche lorsqu'il s'arrête devant moi. Le ton grave de sa voix me fait froid dans le dos.

« Eh bien, non. » Mes yeux passent de ses lèvres à ses yeux et vice-versa. « Liam m'a demandé de le faire. C'est mon frère et son ami avait besoin d'aide. »

« Et tu as nettoyé les toilettes, pas pour l'argent. Pas pour les relations. » Il reprend son arpentage tout en me regardant avec suspicion. « Tu es venue aujourd'hui seulement parce que j'ai demandé ta présence et que tu t'acquittes des responsabilités de ton emploi. »

« Je ne suis pas sûre de ce que tu insinues. » En fait, je suis presque sûre de savoir exactement ce qu'il dit, mais je lui donne une porte de sortie. Dieu sait pourquoi. « Je suis ici parce que j'ai dit que je ferais le travail. J'ai nettoyé les toilettes parce que tu me l'as demandé, du moins le premier jour. Si tu m'avais donné de nouveaux ordres, je me serais retournée et je serais partie. Mais tu devais le savoir, car mardi, tu m'as donné de nouvelles responsabilités. »

Ses yeux scrutent les miens, féroces et intenses. Comme s'il essayait de découvrir des vérités que je pourrais cacher. Tout ce cynisme, enveloppé dans un homme si beau. Cela m'excite et me fatigue en même temps.

« Si c'est ça, je vais me coucher. » Je m'éloigne, remarquant à peine les tapis moelleux sous mes pieds nus.

Je m'arrête sur un palier à mi-hauteur de l'escalier, repassant mentalement les quinze dernières minutes. Mes pensées me distraient, Max s'approche de moi par derrière.

Il m'attrape par la taille, me fait tourner jusqu'à ce que mon dos touche le mur. Mon souffle se coupe et mon cœur bat à tout rompre dans ma poitrine. Il moule son corps musclé à mes propres courbes plus douces.

Il frotte son pouce sur ma lèvre inférieure, la douceur de ses mains en contraste direct avec le comportement dur d'un instant plus tôt. Je le fixe dans les yeux, poussée par ma propre curiosité et la faim dans son regard.

« Tu es tellement belle, bon sang. » Il grogne avant de baisser ses lèvres sur les miennes. Je halète, et il s'en sert pour glisser sa langue dans ma bouche, la revendiquant. La dévorant. Il ne se retient pas. C'est un besoin pur, charnel et sombre.

Il me tient la tête, me gardant immobile pendant qu'il m'embrasse. Mes genoux faiblissent, et c'est une bonne chose qu'il me soutienne parce que l'excitation m'a transformé en un désordre humide et tremblant. Il s'éloigne de mes lèvres, seulement pour faire glisser sa bouche le long de ma mâchoire et jusqu'à mon oreille.

« Je déteste que tu me fasses ça. » Ses mains parcourent mon corps, le tirant plus près du sien. Ses lèvres chatouillent ma peau alors qu'il murmure à mon oreille. « Je déteste que tu sois si calme, alors que je perds le contrôle. » Il lèche le bord de mon oreille. « Je déteste que tu ne sois pas comme je l'espérais, et tout ce que je veux. »

Ses lèvres descendent le long de mon cou, mordillant et suçant. J'ai du mal à reprendre mon souffle à travers la tempête de chaleur qui gronde en moi. Une petite pensée errante glisse dans mon esprit et je m'y accroche comme à une bouée de sauvetage, l'utilisant pour empêcher le désir de prendre le dessus sur mon esprit rationnel.

Alors que la pensée se précise, je me retire de l'étreinte. Max doit sentir le changement d'émotion, car il m'embrasse une fois de plus sur les lèvres avant de reculer. Le regard voilé de désir dans ses yeux me donne presque envie de lui demander un autre baiser. Mais maintenant qu'il est pris, je ne peux pas m'enlever la question de la tête. Je dois savoir.

« Max », je dis son nom, aussi sérieux que je ne l'ai jamais été. « Tu pensais que j'essayais de t'utiliser pour ton argent ? »

Il n'a même pas besoin de parler. Je peux voir la réponse dans l'éclat de reconnaissance dans ses yeux.

Ma tête secoue d'un côté à l'autre, presque inconsciemment. Non, ce n'est pas possible. Je n'ai rien fait pour mériter sa suspicion. Mais je peux voir le soupçon de regret dans son expression, l'aveu dans sa posture. Une vague de tristesse me traverse, éteignant la passion comme une vague de l'océan s'écrasant sur une bougie allumée.

« Je dois y aller. »

Max fait un pas en arrière, ouvrant un passage vers le reste de l'escalier. Je continue à monter les escaliers, des larmes douces-amères coulant sur mes joues. J'ai toujours su que si je devais être avec quelqu'un, ce serait quelqu'un avec qui je partageais la même passion et les mêmes intérêts. Peut-être que Max et moi avions une chance. Mais je ne peux pas être avec quelqu'un qui suppose le pire de moi. Et cette vérité crée une petite fissure dans le coin de mon cœur.

Chapitre 7

Max

Je me lève tôt dimanche matin et je vais au bureau avant que Sloane ne se réveille. Elle a peut-être besoin d'aller quelque part, alors je demande à l'un de mes chauffeurs d'amener une des voitures supplémentaires devant et de laisser la clé sur le contact.

Je passe le reste de la journée à essayer de faire semblant de ne pas être obsédé par la magnifique femme à la maison. Dieu merci, j'ai la vente aux enchères de rendez-vous de collecte de fonds sur mon calendrier ce soir. Cela me donne quelque chose sur quoi me concentrer et je suis sûr de m'amuser avec mes camarades Oakwood Boys.

En enfilant l'un des costumes supplémentaires que je garde au bureau, je décide de ne pas penser à Sloane pour le reste de la soirée. En fait, comme il s'agit d'une vente aux enchères de rendez-vous caritative, je suis pratiquement obligé d'enchérir sur quelqu'un et de faire un don. Peu importe le fait qu'ils organisent l'événement dans l'un de mes plus beaux hôtels sans frais.

Quarante minutes plus tard, j'évalue la salle de bal de l'hôtel Monolith, l'une des plus récentes acquisitions du groupe Hawthorne. C'est une immense salle dorée avec des dizaines de lustres au-dessus. La plupart d'entre eux sont tamisés pour donner à la grande salle une ambiance chaleureuse. Il y a un bar au fond - là où je me tiens - et des tables et des chaises décorées de lavande et d'or, le tout devant une scène de fortune. C'est un effort suffisant pour un événement de cette ampleur. Je ne l'organiserais pas moi-même, mais les bénéfices iront à une bonne cause.

Je scrute la foule, remarquant Tobias Kline qui rôde au bar à quelques mètres de là. « Toby, mon bonhomme », dis-je avec un sourire. « Content de te voir ici. »

« C'est Tobias », marmonne-t-il. Bien sûr, je sais qu'il préfère son prénom, mais je ne peux pas m'en empêcher. Je jure que c'est l'une de mes choses préférées : le pousser à bout et faire en sorte que cela paraisse amical.

Nous plaisantons dans les deux sens, nous insultons mutuellement dans une conversation polie. C'est aussi agréable que jamais jusqu'à ce qu'il mentionne mon ex, Tana. Nous sommes sortis ensemble pendant quelques semaines, principalement parce qu'elle me semblait belle. Ce n'était certainement pas à cause de son intelligence ou de ses brillantes aptitudes sociales. Tana et Sloane sont complètement différentes. Sloane capte mon attention sans effort. Pas seulement parce qu'elle a un corps incroyable, mais aussi à cause de la richesse de pensées et d'idées qui flottent juste derrière ses yeux. Les gens me donnent généralement tout ce que je veux. Mais pas Sloane. C'est une tentation mystérieuse, surtout pour quelqu'un comme moi. Une tentation que je pourrais passer le reste de ma vie à démêler.

L'humeur étant au plus bas, je m'excuse et me dirige vers l'autre côté de la pièce. En chemin, des inconnus essaient de faire ma connaissance. Des connaissances essaient de devenir des amis ou de me proposer des idées commerciales. Des partenaires commerciaux et des concurrents essaient de me surpasser par leur esprit et leur cynisme.

J'avais pensé que ce serait un soulagement de retrouver mon environnement normal, mais après une semaine avec Sloane, c'est comme une torture. Je ne l'avais pas remarqué à l'époque, mais Sloane ne parle que lorsqu'elle a quelque chose d'important à dire. Elle ne dégage pas du tout une énergie désespérée. Des centaines de personnes m'entourent en ce moment, et aucune d'entre elles ne veut vraiment me connaître. Elles ne s'intéressent qu'à mon argent, à ma famille ou à mes relations. Jusqu'à ce moment, je n'avais pas réalisé à quel point je me sentais seule.

La vente aux enchères de la date commence. Je ne fais pas attention, absorbée par les pensées de Sloane. Je ne rate rien. Chaque femme sur scène ressemble à une copie conforme de celle qui la précède. L'événement tout entier est ennuyeux.

Je suis prête à arrêter pour la nuit jusqu'à ce que je remarque une jolie femme aux courbes généreuses et aux longs cheveux noirs qui monte sur scène. Elle me rappelle un peu Sloane – d'une beauté peu conventionnelle. Sur un coup de tête, je fais la première offre. « Cinq cents. »

« Mille », m'appelle une voix de l'autre côté de la salle. Ah, mon bonhomme Toby Kline. Ça devrait être amusant.

Je lève mon verre en sa santé, m'arrêtant un instant avant de dire : « Deux mille. »

Il me lance un regard noir. « Vingt-cinq cents. »

« Trois. »

« Quatre. »

« Quarante-cinq cents. » Mon Dieu, c'est la soirée la plus amusante que j'ai passée. Ce n'est même pas une question de femme ou d'argent. Elle n'est pas Sloane, et j'ai beaucoup d'argent. Cela ne fera même pas une petite entaille dans mon budget mensuel.

« Cinq », aboie-t-il, visiblement énervé.

« Six », dis-je en cachant mon sourire.

« Une fois », prévient le maître de cérémonie.

« Deux fois. »

« Dix mille », annonce Toby. La foule se tait devant l'importance de l'enchère.

Les yeux du maître de cérémonie s'écarquillent et il me regarde. « Une fois. » Je lève les sourcils, mais ne fais pas d'autre offre. De toute évidence, Toby veut un rendez-vous avec cette femme.

« Deux fois », dit le maître de cérémonie. Puis, après une brève pause, il continue : « Et la charmante dame est vendue à ce gentilhomme ici présent pour le... » Là, il s'arrête et s'éclaircit la gorge. « La somme impressionnante de dix mille gros billets. »

Le reste de l'événement se déroule rapidement. On discute surtout et on bavarde. Avant de partir, j'écris un chèque avec un don et je le donne à l'organisatrice, Camila.

À l'extérieur de l'hôtel, je m'arrête une minute pour prendre l'air. Il est encore relativement tôt, et rentrer à la maison ne me semble pas très attrayant. Ou peut-être que cela me semble trop attrayant, mais je ne veux pas perdre à nouveau le contrôle avec Sloane. Un peu de temps au OC devrait me détendre.

Une fois sur place, je me rends directement au salon. Le Oakwood Club est exclusif et ouvert uniquement à la noblesse des Oakwood Boy – Rois, Princes, Chevaliers – membres de l'ordre le plus élevé. Ce soir, comme tous les soirs, il fait sombre, enfumé et chaud. Les hommes se rassemblent en groupes dans et autour des fauteuils en cuir, un verre de porto dans une main et un cigare allumé dans l'autre, alors qu'ils concluent des affaires qui pourraient changer le cours de l'économie du pays.

Je m'installe dans un fauteuil en cuir, faisant un signe de tête à une serveuse familière. Un instant plus tard, elle pose un verre de ma boisson habituelle sur la table à côté de moi – un scotch haut de gamme. Immédiatement, je pense à Sloane. Hier soir, elle avait un goût de sucre et de scotch. Ma bite s'épaissit au souvenir. Je descends le scotch et me dirige vers le bar. Cette fois, je commande du vin dans une tentative futile de la chasser de mes pensées.

Un verre à la main, je regarde autour de moi pour voir s'il y a quelqu'un qui mérite d'être abordé. Imaginez ma surprise quand je vois Tobias Kline marcher vers un baron du pétrole russe de l'autre côté de la pièce. Mon Oakwood Boy préféré. Je l'interromps avant qu'il ne s'approche.

« Deux fois en une nuit », dis-je en faisant tournoyer mon vin dans son verre avant de prendre une gorgée.

« J'ai de la chance », marmonne-t-il en jetant un coup d'œil pour voir le Russe faire signe à sa veste.

« Je t'ai vu disparaître avec cette beauté pulpeuse que tu m'as piquée aux enchères. Je pensais que tu sortirais avec elle. » Que diable fait-il ici après avoir misé cinq chiffres pour un rendez-vous avec la femme ? En y réfléchissant, que fais-je ici ?

Un préposé s'approche avec son verre et il le prend, puis choisit un cigare Arturo Fuente pour l'accompagner. Je sors mon propre briquet au butane et le lui tends.

La curiosité me fait demander : « Alors, qu'est-ce qui lui est arrivé ? »

Il m'ignore, tirant sur son cigare comme un connard prétentieux.

Mais je ne vais pas le laisser passer. « Tu la gardes dans ta poche arrière, c'est ça ? »

« Je rendais juste service à un collègue, dit-il.

Un service de dix mille dollars ? » Je souris tristement. « Nous savons tous les deux qu'aucun Oakwood Boy ne fait rien gratuitement. »

« Je ne savais pas que les filles comme elle étaient ton type, de toute façon. »

Mes yeux se rétrécissent, pensant à Sloane. « Moi non plus, jusqu'à ce que je la voie. Je commence à penser que ça ne me dérangerait pas d'avoir un petit quelque chose à garder. » Laisse-le penser que je parle de la femme à la vente aux enchères de rendez-vous. Il n'a pas besoin de savoir que Sloane est la femme qui accapare mes pensées.

J'utilise mes années de contrôle pour cacher mes pensées et lui tapote l'épaule. « Fais-moi savoir comment tu vas, veux-tu ? »

« Pas question. »

Je ris en me détournant, faisant signe au préposé d'apporter ma veste. Il est temps de rentrer chez moi auprès de ma propre femme. « À plus tard, vieux sportif. »

Quand j'arrive au domaine, la voiture que je lui ai laissée n'est plus là. Malgré tout, je fais le tour des principaux espaces de la maison, n'admettant qu'après une demi-heure de recherche qu'elle n'est pas là. C'est calme. Trop calme. Et solitaire. Essayant de ne pas être trop morose, je marche dans les couloirs avec un verre de scotch. Je ne me saoule pas.

J'essaie juste de garder mes pensées occupées. Je ne veux pas penser à Sloane, où elle pourrait être et avec qui elle pourrait être.

Je passe devant les portes de la bibliothèque quand j'entends un petit couinement. Je reste figée sur place, j'attends de voir si je l'entends à nouveau. Voilà. Un autre petit couinement venant de l'intérieur de la bibliothèque. Les sourcils froncés, j'ouvre les portes, pour m'arrêter sous le choc devant la scène devant moi.

Trois petits chatons sont assis dans une cage dans le coin de ma bibliothèque. Ils me fixent du regard, miaulant comme s'ils avaient perdu leur mère. Ce qui, je suppose, est le cas.

Il ne faut pas longtemps pour que le choc se dissipe. Sloane. Elle a visiblement caché ces chatons dans ma bibliothèque. D'où auraient-ils pu venir ?

Je me dirige vers les petits diables, résolue à me faire accepter. Si Sloane pense pouvoir s'en tirer en me piégeant ainsi, elle se trompe lourdement.

Chapitre 8

Sloane

Après hier soir, j'avais besoin d'une soirée entre filles. J'ai l'habitude que les boules de poils sur le tapis soient le plus grand drame de ma vie. C'est un truc de niveau supérieur, et j'ai besoin que mes filles m'aident à démêler mes pensées.

Nous nous rencontrons dans un restaurant de tacos plutôt chic et commandons immédiatement des margaritas. Nous sommes quatre à la table. Nous prenons un moment pour nous présenter. Tout le monde connaît quelqu'un, mais personne ne connaît tout le monde.

J'amène Penny, puis je lève les yeux au ciel à son commentaire : « Je suis surprise que ma chica ait des amis qui ne marchent pas à quatre pattes. »

Paige présente Lily, qui est apparemment la belle-sœur de Max. Elles se sont rencontrées lorsque Lily et Grayson ont rendu visite à Max au domaine et se sont immédiatement entendues.

Il ne nous faut pas longtemps - environ une demi-margarita - pour rire comme de vieilles amies. Surtout lorsque Lily raconte comment elle a rencontré Grayson et Max la première fois dans son café de Vincent Street.

C'est Penny qui ramène le sujet vers moi avec une question. « Qu'est-ce qui se passe entre toi et Max ? » Elle est comme un chien avec un flair quand il s'agit de résoudre les problèmes des autres.

À la mention de Max, Lily fait un double regard trop dramatique dans ma direction, ses yeux bruns écarquillés d'intérêt. Elle pose rapidement ses coudes sur la table et pose son menton sur ses mains dans une pose classique prête pour la cuillère.

Paige danse sur son siège, l'alcool ne freinant clairement pas sa curiosité. « Oui. Il est temps, ma fille. Les esprits curieux ont besoin de savoir. »

Je fais signe au serveur de prendre un autre verre, sachant que j'aurai besoin d'une autre margarita avant trop longtemps. Entre deux bouchées de tacos, je résume la semaine dernière, en commençant par Liam qui me demande d'aider son ami, de nettoyer les toilettes et de travailler au bureau avec Max.

Je viens de commencer à récapituler sa demande étrange pour la bibliothèque communautaire lorsque je remarque que Lily fait une grimace particulière. Elle hoche la tête avec une expression entendue, comme si son comportement avait parfaitement du sens.

« Et puis je lui ai donné mon avis sur la bibliothèque, comme il l'a demandé. « C'était très étrange. »

« Après que tu aies fini à la bibliothèque, a-t-il fait autre chose ? Comme aller à la poste ? » demande Lily.

« Oui, il l'a fait. Comment le savais-tu ? »

« C'est quelque chose que les Hawthorne font depuis des générations. » Elle trempe une chips dans la salsa et en prend une bouchée, faisant monter mon besoin de savoir jusqu'au mur avec ses pauses minutées avec précision. « C'est top secret. Tu ne peux en parler à personne, d'accord ? »

Tout le monde hoche la tête, mourant d'envie de savoir. Il n'y a rien de tel que des potins croustillants sur l'une des familles les plus riches du pays.

« Une fois par mois, la famille Hawthorne identifie une organisation à but non lucratif locale dans la région. Ils déterminent si l'organisation fait une différence positive dans la communauté. Si c'est le cas, ils lui envoient un don important. »

« C'est incroyable », s'exclame Paige.

Mes propres yeux s'écarquillent de surprise. Je n'arrive pas à croire que j'aie eu tort à ce point. Mais attendez. « Pourquoi tous ces subterfuges s'ils font quelque chose de bien ? »

Lily agite la main comme si c'était évident. « Si tout le monde savait qu'ils l'ont fait, toutes sortes de personnes frapperaient à leur porte sans arrêt. Ils n'essaient pas d'en faire tout un plat. Ils veulent juste faire ce qu'il faut avec l'argent qu'ils ont.

« C'est pourquoi il n'a pas pu interviewer le directeur de la bibliothèque lui-même. C'est une personnalité tellement publique que quelqu'un l'aurait reconnu. »

Penny m'adresse son commentaire. « Il ne t'a probablement pas donné les détails parce que ça ne fait qu'une semaine que tu as commencé. »

« Même avec un accord de confidentialité signé, c'est une grande nouvelle. Et une fois que c'est sorti, tu ne pouvais pas le remettre dans le sac », intervient Paige.

Waouh. Je ne m'en étais pas rendu compte.

Tout le monde traite Max d'idiot, moi y compris. Mais cette nouvelle information me fait revoir et repenser toutes nos rencontres. Je ne suis pas encore prête à tirer de nouvelles conclusions, mais c'est quelque chose à laquelle je vais devoir réfléchir, surtout compte tenu du baiser épique que nous avons partagé hier soir.

Comme si elle pouvait lire dans mes pensées, Penny se penche en avant et demande : « Autre chose à partager, chica ? »

« Euh, euh. Non », je bégaie. Avec ces nouvelles révélations, j'ai besoin de temps pour réfléchir par moi-même. Habituellement, je réfléchis le mieux avec un animal sur mes genoux. Les autres femmes sourient en connaissance de cause, mais laissent passer ma tentative de réponse boiteuse.

En parlant d'animaux, je dois vérifier les chatons qui se cachent dans la bibliothèque de Max. Il est temps pour moi d'y aller. Mes bébés à fourrure sont seuls depuis quelques heures, et je dois rafraîchir leur nourriture et leur eau avant d'aller me coucher. Nous faisons signe pour l'addition et Lily paie. « En l'honneur de nouveaux amis. » De façon inattendue, elle m'accompagne jusqu'à ma voiture. « Je suis si heureuse de t'avoir rencontrée. Quand j'ai rencontré Max pour la première fois, je n'avais aucune idée du genre de femme qui pourrait supporter son attitude arrogante. » Elle s'arrête et regarde par-dessus mon épaule comme si elle rassemblait ses pensées.

« Depuis, j'ai appris à mieux le connaître. Je sais que c'est cliché, mais son extérieur dur est un mécanisme de défense. Il l'utilise pour se protéger des gens qui ne veulent que l'utiliser, c'est-à-dire pratiquement tous ceux avec qui il interagit au quotidien. C'est toujours un con. C'est indéniable. » Elle rit doucement dans sa barbe, puis me regarde avec des yeux noirs et directs. « Mais ce n'est pas seulement un con. Souviens-toi de ça, si tu peux. »

Les pensées se bousculent dans ma tête pendant les vingt minutes de route qui nous séparent de chez nous. Chez moi. C'est drôle, je commence à appeler son domaine « chez moi ». Quand est-ce arrivé ? Était-ce quand je me suis mise à l'aise en buvant son scotch et en jouant avec les chatons dans sa bibliothèque ? Ou peut-être était-ce pendant la semaine où nous travaillions dans son bureau à domicile, en mangeant ensemble au déjeuner. Ou peut-être était-ce ce premier jour, quand j'ai enlevé ma chemise et l'ai remplacée par une des siennes.

Je gare ma voiture et entre dans la maison, prête à mettre de côté mes pensées sans fin et à passer un moment tranquille avec les chatons. En m'approchant de la bibliothèque, je remarque une lumière qui brille sous les portes.

Merde. Quelqu'un a trouvé les chatons. Ce doit être Max. Paige était la seule autre personne qui savait que je les gardais dans la bibliothèque et elle était sortie boire des margaritas avec moi.

Mon cœur s'accélère et ma respiration s'accélère. Max n'est peut-être pas aussi cruel que je le pensais, mais il s'attend toujours à ce que les gens cèdent constamment à ses plus petits désirs. Et me voilà, cachant une portée de chatons dans sa toute nouvelle bibliothèque inachevée. Avec son tempérament, je ne serais pas surprise qu'il me vire. Et je le mériterais. Les chatons secrets ne faisaient pas partie de la description du poste.

Avec appréhension, je retiens mon souffle et ouvre les portes de la bibliothèque, endurcissant mon cœur à tout ce que je pourrais trouver. Je me fige sur le pas de la porte, abasourdie. Jamais dans mes rêves les plus fous je n'aurais pu imaginer la scène devant moi. Mon souffle se coupe et mon cœur se dilate.

Maximillian Hawthorne III est allongé sur le sol de la bibliothèque, endormi sur un tapis avec trois chatons blottis autour de lui, qui dorment également. D'une manière ou d'une autre, il a découvert les chatons. Au lieu de les jeter dehors, il a apporté un tapis en peau de mouton et ce qui ressemble à un coussin dans la bibliothèque. Puis il a laissé les chatons sortir de la cage et s'est endormi sur le dos, décoré de chatons en train de faire la sieste.

Mes yeux se remplissent de larmes et je presse ma main sur mon cœur. Je suis submergé par les émotions qui me traversent. Les animaux que j'aime avec l'homme dont je vais prendre soin, au même endroit.

J'ai besoin de prendre une photo. Plus tard, j'aurai besoin de preuves que cela s'est réellement produit, car pour l'instant, c'est comme un rêve.

Aussi silencieux qu'une souris, j'ouvre l'application photo sur mon téléphone en m'assurant qu'il est en mode silencieux. Sur la pointe des pieds, je le place dans le cadre. C'est difficile. Je continue d'être distrait par l'air paisible de son visage et son physique musclé.

Le flash se déclenche alors que je prends la première photo. Shoot. Cali, le chaton recroquevillé sur sa poitrine, se réveille et cligne des yeux avec ses grands yeux verts. Je pose mon doigt sur mes lèvres, espérant que le signal du silence ait une sorte de compréhension universelle entre les espèces. Je ne le saurai jamais parce que Max, toujours endormi, lève instinctivement la main pour la caresser, murmurant des mots doux indéchiffrables jusqu'à ce qu'elle se rendorme.

J'éteins le flash de mon téléphone, espérant que la lampe fournira suffisamment d'éclairage pour quelques photos supplémentaires. Le chaton noir est recroquevillé sur l'oreiller près de son cou. Eva est allongée sur le ventre, utilisant son avant-bras comme oreiller. Je prends quelques photos supplémentaires avant de sortir de la bibliothèque sur la pointe des pieds et de fermer la porte. Un soupir m'échappe alors que toutes les idées confuses dans mon esprit se rassemblent pour former une pensée claire.

Je suis dans le pétrin.

Chapitre 9

Max

« J'ai appris quelque chose hier soir », j'annonce après avoir regardé Sloane préparer du café le lendemain matin dans son short de pyjama en soie et son caraco fin qui, je suppose, est censé passer pour une chemise. Elle ne m'a visiblement pas entendu entrer dans la cuisine car elle sursaute au son de ma voix et croise les bras sur sa poitrine dans une vaine tentative de cacher sa belle poitrine.

« Je suis désolée pour les chatons. Penny n'avait plus de place... » Sa voix se coupe alors que je me dirige vers elle.

Je me suis réveillée au milieu de la nuit, ma bite dure comme un roc après un rêve lascif sur la femme debout devant moi. Il ne m'a pas fallu longtemps pour remettre les chatons dans la cage et aller me coucher.

Il m'a cependant fallu beaucoup de temps pour me rendormir. Je n'y suis pas parvenue avant de prendre le problème en main, soulageant temporairement une partie de la pression.

« Tu es unique », je continue en arpentant l'îlot de cuisine qui nous sépare, vêtue uniquement de mon pantalon de pyjama. — Tu ne fais pas les choses pour la gloire, le statut ou l'argent. Tu les fais parce que tu t'en soucies. Tu t'en soucies des autres. Tu t'en soucies des animaux. Tu t'en soucies de ta famille et de tes amis. Je m'approche, la serrant contre moi alors qu'elle se colle contre le mur à côté du réfrigérateur. — Je commence à soupçonner que tu t'en soucies aussi pour moi.

— Vraiment, Sloane ? Je presse ma main contre le réfrigérateur, la piégeant. — Est-ce que tu t'en soucies pour moi ? —

Bien sûr que oui. Je t'en soucie pour...

Je l'interrompis. J'en ai assez entendu. Elle voudra peut-être nuancer sa déclaration, mais la vérité brille dans ses yeux bleus profonds. Elle n'est pas seulement là pour le travail. Il faudrait plus qu'un travail d'assistante personnelle pour la faire déambuler dans ma cuisine en pyjama. Elle n'est même pas seulement là pour les chatons, même si je suis sûr qu'ils jouent un rôle.

Elle se soucie de moi. Pas de mon argent. Pas de mon nom. De moi. Je ne sais juste pas à quel point.

— Si, tu t'en soucies. Je saisis son menton têtu dans ma main, passant mon pouce sur sa lèvre inférieure. Elle cligne de ses cils ridiculement longs, une question dans ses yeux.

Je suis plus que prêt à répondre. Je suis prêt à revendiquer cette femme. Ses courbes délicieuses. Les regards impertinents qu'elle me lance. Sa bouche tentatrice. Tout. Est. À. Moi.

« Tu es à moi. Les chatons sont à moi. Chaque partie de toi est à moi, sauf ce que je choisis de partager. »

Elle secoue la tête en signe de déni, et c'est à ce moment-là que les charbons ardents en moi se transforment en un feu de forêt incontrôlable. Je claque ma bouche sur la sienne, léchant, mordant et revendiquant ses lèvres pulpeuses.

Ses doigts plongent dans mes cheveux, me tenant près d'elle. Chaque muscle de mon corps se tend alors qu'elle gémit de plaisir.

Je retire ma bouche, ayant besoin de savoir qu'elle le veut autant que moi.

« Admets-le. » Je saisis ses hanches et me frotte contre elle, nous appuyant tous les deux contre le mur. « Admets que tu me veux. »

J'attends à peine une seconde sa réponse avant de dévorer sa bouche à nouveau. J'ai besoin d'aller plus en profondeur. J'ai besoin de posséder son goût. Je suis accro. Elle a meilleur goût que le meilleur scotch, quelque chose que je pourrais savourer tous les jours, matin et soir.

Sa langue se faufile dans ma bouche, frottant contre la mienne. Sa réactivité ne fait que me donner encore plus envie d'elle.

Je m'éloigne et regarde ses lèvres humides et gonflées. Elles sont pleines et rouges, et elles seraient incroyables enroulées autour de ma bite.

"Tu me veux, Sloane ?"

Elle se tortille comme si elle essayait de s'échapper. Au lieu de cela, ses seins frottent contre ma poitrine nue, le caraco étant une fine protection contre la chaleur de ma peau.

Je continue le lent frottement, m'assurant que toute la longueur de mon excitation appuie contre son bouton sensible. Mes lèvres suivent la courbe de sa mâchoire, le long de son cou, se réjouissant de la peau soyeuse sous ma langue.

Ses halètements érotiques sont une douce musique à mes oreilles, mais ils ne suffisent pas.

« Dis-moi, Sloane. » J'arrête le mouvement de mes hanches, gardant ma bite dure comme du roc loin de sa chaleur.

Ses hanches pivotent de manière erratique, cherchant désespérément plus de friction. Pourtant, j'attends.

Je sens sa capitulation avant qu'elle ne parle. « Oui, bon sang. Je te veux. »

C'est ma fille. Elle mérite une récompense. Je soulève sa jambe et presse ma bite contre le tissu fin de son short. Plus fort, plus vite, m'enivrant du son de son « oui » gémissant dans mon oreille.

Ses mains saisissent mes épaules assez fort pour laisser des empreintes de ses ongles dans ma peau. Son corps frémit dans mes bras, la tension augmentant jusqu'à ce qu'elle atteigne son apogée. Elle se sent comme un ange, douce et fraîche. Et je suis le pêcheur qui veut la garder chaude, humide et jouir sur ma bite.

Sa tête tombe sur mon épaule et son corps se relâche dans mes bras. Mais je n'ai pas fini. Pas du tout. L'idée me traverse l'esprit que je n'en aurai peut-être jamais fini avec la femme dans mes bras.

« Maintenant, c'est mon tour. » Je la serre fort contre moi, m'émerveillant de l'humidité et de la chaleur qui s'infiltrent à travers les deux fines couches de tissu.

« Enroule tes jambes autour de moi, ange. » J'attrape ses deux cuisses épaisses et les soulève, attendant de la sentir fléchir ses jambes autour de ma taille. « Putain, tu es si bien. Ta chatte douce et chaude frotte contre ma bite. » Je ne peux m'empêcher de pousser vers le haut plusieurs fois. Il me faut toute ma volonté pour m'arrêter. « Ange. Putain. Tiens-toi bien. »

Je la porte dans le couloir jusqu'au bureau au rez-de-chaussée. La maison n'a pas beaucoup de meubles, et cette pièce est la plus proche avec un tapis et un préservatif. Dieu merci. Si j'essayais de la porter dans ma chambre, je finirais par la prendre dans les escaliers.

Dans la pièce, je la pose sur ses pieds. « Allonge-toi sur le tapis », j'exige. Je prends un préservatif sur le bureau avant de tomber sur elle comme une bête baveuse.

Elle hésite, versant de l'huile sur le feu en moi. Avec un début d'idée, je prends également les ciseaux sur le bureau.

« As-tu peur de moi, mon ange ? »

Sloane secoue la tête.

« Est-ce que tu me fais confiance ? »

Son souffle s'accélère, ses mamelons se resserrent sous son caraco soyeux alors qu'elle me fait un petit signe de tête.

« Est-ce que tu vas me laisser prendre soin de toi ? »

Elle se lèche les lèvres. Répondant avec un souffle : « Oui, monsieur. »

« Bien. » Une satisfaction ardente me traverse. Putain, je vais posséder son corps. Le ruiner pour n'importe qui d'autre. Enfin, si je n'explose pas d'abord de désir inassouvi. « Maintenant, allonge-toi sur le tapis. »

Son corps frissonne, ses membres la soutenant à peine alors qu'elle s'allonge devant moi. Elle a l'air d'un rêve humide dans son pyjama soyeux, avec ses longs cheveux noirs étalés sur le tapis. Le soleil du matin brille sur elle à travers la fenêtre, ajoutant une lueur dorée à sa peau.

Ma bite palpite à cette vue.

« Tu es tellement magnifique, mon ange. » Ses yeux s'écarquillent lorsqu'elle voit la force de mon désir pour elle en train de tendre mon pyjama. Ne voulant plus attendre, je m'agenouille à côté d'elle sur le tapis.

« Si tu veux que j'arrête, dis-le-moi. Sinon, ne bouge pas. » Mes doigts tracent la peau le long de l'intérieur de son bras pendant que j'attends sa réponse.

Elle déglutit, une richesse de désir et une pointe de nervosité dans la voix alors qu'elle dit : « Oui, monsieur. »

J'amène les ciseaux au bas de son caraco, coupant des centimètres de soie. Je m'assure que l'acier froid des ciseaux glisse le long de sa peau à chaque coup tandis que je coupe à travers la longueur du tissu. Une fois que j'ai terminé, je mets les ciseaux de côté.

« Est-ce que tu aimes ça, mon ange ? » demandai-je en écartant les deux moitiés de soie pour que sa poitrine soit complètement exposée. J'enregistre à peine son hochement de tête, trop submergé par la générosité devant moi. Des seins pleins, une peau crémeuse, des pointes roses et granuleuses. Et à partir de ce moment, ils sont tous à moi.

« Est-ce que tu me veux ? » Ma voix est si rauque de besoin, je suis surpris qu'elle me comprenne. Elle répond par un hochement de tête.

La récompensant, je donne toute mon attention enthousiaste à ses seins glorieux, les vénérant avec ma bouche et mes mains. Apprenant ce qui la fait gémir et ce qui la fait crier à chaque morsure, pincement et mouvement.

« S'il te plaît, Max. »

Je m'arrête dans mon assaut, levant les yeux pour voir le pur besoin sur son visage. « S'il te plaît quoi, mon ange ? »

« Touche-moi. »

Je glisse une main entre ses jambes sur le bas de son pyjama. Mes doigts trouvent sa chaleur humide tandis que ma paume appuie contre son monticule offrant une friction à son clitoris gonflé. Poussant un gémissement de soulagement, Sloane rejette sa tête en arrière, inclinant ses hanches jusqu'à ce que mes doigts appuient contre la soie, la forçant à pénétrer dans ses profondeurs cachées.

Tout semblant de contrôle disparaît à la sensation de ses pulsations autour de mes doigts. Une chaleur dévorante prend le dessus, vicieuse dans son besoin.

J'arrache son bas de pyjama, rejetant ma tête en arrière tandis que sa douce main se replie autour de ma bite palpitante. Ce n'est pas suffisant. J'ai besoin d'être en elle. De sentir sa chaleur. De laisser ma marque sur son corps. De la chevaucher si fort qu'elle se souvienne toujours à qui elle appartient.

En baissant mon pantalon, je déchire l'emballage en aluminium. Une seconde plus tard, je suis en équilibre entre ses jambes, planant au-dessus d'elle, pressant mon extrémité douloureuse dans ses doux plis.

« Putain, ange. Tu es si serré. »

Elle gémit alors que j'avance d'un centimètre. « Ce n'est pas moi. C'est toi. »

« Tu dis que je suis trop grosse ? » Je rigole sombrement, me déplaçant dedans et dehors jusqu'à ce qu'elle commence à se détendre autour de moi. « C'est inacceptable. »

« Je ne peux pas. C'est trop. »

« Ce n'est pas trop jusqu'à ce que je dise que c'est trop. Tu peux le supporter. Tu es si fort. Si férocement beau. Je n'ai jamais rencontré quelqu'un d'aussi fort que toi. » J'enfonce ma bite en elle, chérissant la façon dont son corps tremble alors qu'elle accepte toute ma longueur.

« Tu es la seule qui ose me défier. » Je mords son lobe d'oreille tout en pompant sauvagement dans sa chair chaude.

« Tu me désobéis. » Je laisse une marque de morsure là où son cou rencontre son épaule. « Tu as porté mon t-shirt ce premier jour, même quand je t'ai dit de ne pas toucher à mes affaires. »

Elle marmonne quelque chose qui pourrait être une affirmation.

« Savais-tu que lorsque je suis rentrée à la maison, j'ai enroulé ce t-shirt autour de ma grosse bite et que j'ai joui plus fort que jamais ? »

Elle secoue la tête, agrippant toujours mes poignets pour éviter de glisser sur le tapis sous la force de mes coups.

« C'était mon t-shirt, mais il était couvert de ton odeur. Maintenant, tu seras couvert de moi. » Je me penche, revendiquant ses lèvres comme les miennes.

« Tu es à moi », siffle-je, incapable de tempérer l'instinct primaire qui exige que je la marque.

« Dis-moi à qui tu appartiens. » Je prends tout ce qu'elle m'offre, mais ce n'est pas suffisant. Je le prends et j'en demande plus.

« Dis-moi ! » Je la pénètre plus fort, la punissant, me punissant moi-même. Je me débats et je pousse jusqu'à ce que nous soyons tous les deux fous de plaisir ardent. Impuissants à m'arrêter jusqu'à ce qu'elle se soumette à moi.

« Oui ! Oui, je suis à toi », crie-t-elle.

Un rugissement de satisfaction monte dans ma gorge. Nos deux corps trempés de sueur, sans esprit, sans souffle. Ses mains agrippent mes fesses, me tirant plus près ou me repoussant. Je ne pense pas qu'aucun de nous ne sache lequel.

Ses parois se resserrent autour de ma queue, son orgasme déclenchant ma propre libération violente, pompant en elle, la remplissant, revendiquant ma place.

Avec un dernier frisson, je m'effondre, tombant à côté de son corps toujours tremblant.

Je dépose de doux baisers sur son front et enroule mes bras autour d'elle. Mon trésor. Mon rêve. La femme que j'ai toujours voulue, mais dont j'ignorais l'existence. Un ange avec un corps qui me donne envie de pécher.

« Max ? » murmure-t-elle, passant sa main le long de mon bras. Laissant son corps s'enfoncer dans le mien, sa résistance disparue.

« Oui, ange ? »

« À propos des chatons qui sont à toi. » Elle se tourne vers moi, les yeux saphir impertinents et satisfaits. « Tu devras peut-être en partager un avec Paige. Je pense qu'elle est tombée amoureuse du noir. »

C'est ma fille. Toujours à défier mon autorité.

Ce que Sloane a besoin de savoir, c'est que je ne la laisserai jamais partir. A partir de ce moment, elle m'appartient.

Chapitre 10

Sloane

« Tu as l'air heureuse aujourd'hui », dit Penny dès que je passe la porte. Après que Max m'a donné congé, j'ai décidé de passer quelques heures dans mon autre endroit heureux, Penny's Pups. J'aurais aimé passer plus de temps avec Max – plus de temps et plus d'orgasmes – mais il avait du travail à faire.

Je souris à son invitation évidente à tout cracher. Au lieu de le lui donner, je souris timidement et dis simplement : « Je le suis. »

« Je peux dire au sourire narquois sur ton visage que tes lèvres sont scellées. Vas-y, ramène ton côté heureux à l'arrière et prends soin de ces chiens. » Elle me fait signe de partir en riant tandis que je me dirige vers l'arrière-salle.

Je fais ma routine, m'assurant que tous les animaux ont de la nourriture et de l'eau fraîches et des cages propres. Je peux ou non fredonner tout le temps et rêver de ce que j'ai ressenti ce matin – pas seulement le sexe, même si c'était incroyable, mais de m'ouvrir à Max. De m'autoriser à être vulnérable, de faire confiance à quelqu'un d'autre si complètement. Qui aurait cru, quand j'ai accepté ce travail pour rendre service à Liam, que je trouverais la personne capable de voir au-delà de mon extérieur timide et d'apprécier la femme qui se cache en dessous ?

Je suis sur le point d'emmener l'un des chiens en promenade pour dépenser une partie de mon énergie accumulée – la mienne, pas celle du chien – lorsque j'entends une voix familière dans le salon.

« Bonjour, est-ce que Sloane est disponible ? »

« Qui demande ? » Laisse Penny se moquer de l'un des hommes les plus puissants de l'État.

« Si elle n'est pas là, fais-moi la courtoisie de me le dire immédiatement. » C'est définitivement mon Max. Je frissonne de plaisir à son ton sévère qui me rappelle la façon dont les ciseaux glissaient sur ma peau nue, froids et tranchants. M'assurant que la cage est toujours bien fixée, je remets la laisse aux crochets du mur et je me dirige vers le hall d'entrée.

« Tu dois être Max. J'ai entendu parler de toi. » J'entends la taquinerie enjouée dans la voix de Penny et je sais déjà que Max n'appréciera pas. « N'es-tu pas le type qui fait des dons aux associations ? On aurait certainement besoin d'un peu d'aide ici. »

La peur me parcourt l'échine en entendant la réponse glaciale de Max. « Pardon ? » Merde. Il est devenu complètement professionnel et tendu. C'est mauvais signe.

Je me précipite vers l'entrée, essayant d'éviter un désastre, mais sachant que je pourrais être trop tard.

Dans la zone de réception, Max se tient juste à l'intérieur de la porte d'entrée, l'air déplacé dans son costume de luxe sur fond de décor shabby-chic de Penny. Penny me lance un regard plein de regret depuis sa place derrière le comptoir, semblant avoir réalisé qu'elle avait fait une erreur.

Je marche vers Max avec un sourire hésitant sur mon visage, les mains tendues devant moi. « Max, je suis si content que tu sois là. »

« J'en suis sûr. » Il me regarde avec des yeux bruns et froids. De toutes les fois où nous avons été ensemble maintenant, il ne m'a jamais regardé comme ça. Comme si j'étais un chewing-gum collé sous sa chaussure. « Il semblerait que je me sois trompée à votre sujet, Mme Sullivan. Vous n'êtes pas unique après tout. »

« Attends, Max. Laisse-moi t'expliquer. »

« Expliquer quoi ? » Si possible, sa voix devient encore plus froide. « Que tu m'as trompé ? Ce n'est guère une surprise. Je m'en doutais depuis le début. Tu es manifestement un opportuniste trompeur et cupide. Comme tous les autres. Tu n'es pas spécial, Sloane. » Son expression se tord en un sourire sombre et douloureux. « Je dois dire, cependant... Je suis légèrement choqué que tu sois allé jusqu'à me baiser pour obtenir ce que tu veux. »

J'entends à peine le halètement de Penny par-dessus le bruit assourdissant dans mes oreilles. La douleur et la colère m'envahissent à parts égales, nous nous battons l'une contre l'autre pour avoir le droit de parler. La colère l'emporte.

« Sors. » Si la voix de Max est glaciale, la mienne est de feu.

« Ne prétends pas me dire quoi faire. Tu travailles pour moi. Tu es un employé rémunéré dont toute la valeur réside dans les services que tu me fournis. » Des flammes glacées brûlent dans ses yeux. « Au moins, tu as excellé dans le nettoyage de mes toilettes. »

Ses mots me font l'effet d'un couteau dans le cœur. Je me suis enfin ouverte à Max, et il me jette sans réfléchir ni se soucier de moi. Il y a une raison pour laquelle je suis timide avec tout le monde. Il y a une raison pour laquelle je m'entoure d'animaux qui m'aimeront inconditionnellement.

J'ai pris un risque en m'ouvrant à Max, et maintenant j'en paie le prix. Mais je ne vais pas le laisser voir la douleur qu'il me cause. Je dois me protéger à ce point.

« Tu devras t'occuper de tous les services toi-même. J'arrête. » Tournant sur mes pieds, je me dirige vers l'arrière-salle avec autant de dignité que possible. Malheureusement, je suis incapable d'empêcher les larmes de couler sur mes joues.

Chapitre 11

Max

Mon téléphone sonne, interrompant ma réflexion. Je suis assis dans mon bureau à domicile sans lumière allumée, buvant directement à la bouteille depuis une heure. Même les satanés chatons n'ont pas réussi à me remonter le moral.

Je regarde l'écran. C'est Grayson. Dieu merci. La seule personne que je n'éviscérerai pas à vue d'œil.

« Maximillian ici. »

« Tu as vraiment merdé cette fois, mon vieux. » Grayson saute immédiatement dans le vif du sujet, ravivant ma fureur.

« Je n'ai pas « merdé », comme tu dis. J'ai simplement pris la décision qui était la meilleure pour l'entreprise. » Mes mots sont si tranchants qu'ils pourraient couper l'acier.

« Oh, bien sûr. C'était pour l'entreprise », dit-il, son scepticisme évident. « Dis-moi, as-tu rassemblé toutes les informations pertinentes et pris en compte tous les facteurs avant de prendre cette décision ? »

« Quelles informations ? » demandai-je.

« Étais-tu au courant, frère, que Sloane était sorti avec des amis l'autre soir ? » demande-t-il. — Et que ces amies incluaient Paige, Penny et Lily ?

— Lily ? dis-je, surprise.

C'est vrai. D'après ma source, Sloane a exprimé une certaine inquiétude au sujet de ton voyage à l'association communautaire à but non lucratif. Elle s'inquiétait de tes intentions. Ma source rapporte également que ni Sloane, ni Penny, ni Paige n'ont manifesté le moindre intérêt à recevoir tes attentions financières.

À ce stade, je ne peux m'empêcher de lever les yeux au ciel à son utilisation du mot « source ». Il est évident que la source est sa femme, Lily. — Soyons clairs, Grayson. Tu dis que c'est Lily qui leur a parlé de notre tradition familiale ?

Grayson perd son personnage de journaliste, Dieu merci. — Oui, Max. C'est ce que je te dis. Sloane n'a rien à voir avec le partage de nos informations privées. Elle ne veut pas non plus de ton argent. Mais tu as certainement donné un coup de pied dans le nid de frelons. Lily est au téléphone depuis des heures pour obtenir l'histoire complète.

En gémissant, je me pince le nez.

— Max, dit-il, la voix douce et lourde. « Dis-moi que tu n'as pas sous-entendu que Sloane était une pute. »

Putain. Cette fois, quand je m'emporte, c'est contre moi que je suis en colère.

« Je ne peux vraiment pas te dire ça, Grayson. » Je hurle pratiquement dans le téléphone. Je frappe ma main sur mon bureau. « Putain. J'ai fait une erreur. »

Grayson ajoute ses propres jurons, tandis que je passe une main dans mes cheveux. Je dois arranger ça.

Mon Dieu. Je n'arrive pas à croire que j'ai dit ces choses.

Putain. Si, je peux.

Je suis un con. Oui, je sais comment les gens m'appellent, et ça ne m'a jamais dérangé. J'ai toujours eu tout ce que je pouvais vouloir. Les insultes ne me font pas de mal, même si elles sont quelque peu méritées. Mais cette fois, mon comportement pourrait avoir des conséquences avec lesquelles je ne suis pas capable de vivre.

Mon esprit s'emballe, cherchant une solution mais ne trouvant rien.

« Grayson. » Je mets ma fierté de côté avec la personne en qui j'ai le plus confiance. « Comment arranger ça ? »

Il prend une grande inspiration, réfléchissant visiblement à sa réponse. Je peux presque le voir se frotter le menton en réfléchissant. « Putain, si j'en sais rien, mon frère. Tu as vraiment merdé. »

« Ce n'est pas utile. » Je grogne dans le téléphone.

« Eh bien, il faut que ce soit quelque chose de grand. »

« Grand ? Comme quoi ? »

« Max, il te faut un putain de grand geste épique de la taille du Titanic. »

Il a raison. Je ne sais même pas s'il est possible de sortir du trou que je me suis creusé. Il est peut-être trop profond, même pour quelqu'un d'aussi généreux que Sloane.

« Qu'est-ce qui est important pour elle ? » demande-t-il.

« C'est une bonne question. Laisse-moi réfléchir. »

Pendant les trente minutes qui suivent, Grayson et moi élaborons une stratégie pour mon dernier effort désespéré pour sauver quelque chose de spécial. Lorsque nous raccrochons enfin, je me mets directement au travail. Je n'ai jamais reculé devant un défi. Il s'agit simplement d'un autre type de négociation, et cette fois, je mets tout sur la table.

???

Le lendemain matin, je frappe à la porte de la maison de Sloane. Un homme vraiment massif ouvre la porte, les bras puissants croisés sur sa poitrine. C'est son père. Bien que des touches de gris parsèment ses cheveux, il ne semble pas que l'âge l'ait ralenti du tout. Il faut un effort concerté pour ne pas reculer devant son regard noir.

« Salutations, M. Sullivan. »

Ses yeux se rétrécissent. « Êtes-vous la raison pour laquelle ma fille a pleuré la nuit dernière ? »

« Oui, monsieur. Je suis venu ici pour m'excuser. »

Il grogne et me regarde de haut en bas. Je suis presque sûr qu'il se demande s'il doit ou non me battre jusqu'à ce qu'elle me tue. Mon cœur bat fort tandis que j'attends sa réponse.

« Sloane est dans le jardin avec Rosie. Je vais surveiller. Si tu lui fais encore du mal... » Il laisse sa phrase se terminer, mais il est facile de remplir le vide. Si je fais du mal à Sloane, son père va me foutre en l'air.

Et je le mériterais.

« Suis-moi. » Il me conduit sur le côté de la maison à travers une porte dans la clôture. Il me fait signe de passer en premier. Comme il l'avait probablement prévu, je suis mal à l'aise de l'avoir derrière moi.

Alors que nous contournons le coin arrière de la maison, je m'arrête devant la belle vue qui s'offre à moi. Sloane me tourne partiellement le dos, assise sur la pelouse, légèrement en contrebas de la maison. Ses longs cheveux couvrent son visage tandis qu'elle caresse le chat noir sur ses genoux.

« Petite fille. » La voix de M. Sullivan se projette facilement au loin. « Cet homme dit qu'il est venu ici pour s'excuser. Je peux le jeter dehors ou tu peux l'écouter. C'est à toi de voir. S'il reste, je serai là, sur le porche. »

Sloane me regarde. Pendant une minute, je suis perdue dans la tristesse de ses yeux saphir. Je n'ai aucune idée de mon expression, mais après une minute à chercher mon visage, elle hoche légèrement la tête.

« Je serai là, ma puce. » Son père pointe le porche avec un sourire encourageant. Son expression change lorsqu'il se penche vers moi et siffle. « Ne gâche pas tout. » J'entends le « sinon » et je trébuche en avant alors qu'il me tape la main dans le dos, me poussant dans la direction de sa fille.

Je m'assois sur l'herbe devant elle, sans me soucier de savoir si mon costume sera abîmé. Elle garde la tête baissée, caresse le chat et attend silencieusement que je commence.

« Sloane, j'ai fait une terrible erreur. Je m'excuse. »

Elle ne me regarde toujours pas, mais je vois une larme couler sur sa joue.

Merde. Ce n'est pas suffisant. Intérieurement, je suis sens dessus dessous. C'est la première fois que je m'excuse auprès de quelqu'un et je suis en train de tout gâcher. Mais une vie de comportement correct et de protection crée des habitudes dont il est difficile de se défaire. En désespoir de cause, je reviens à mon personnage par défaut : le connard.

« Ton frère, Liam, m'a appelé. Il est un peu perturbé. Cependant, j'ai pu l'apaiser un peu en lui expliquant mon intention de venir ici et de m'excuser.

« Paige a refusé de venir travailler aujourd'hui, même si nous sommes déjà en retard.

« J'ai contacté Penny plus tôt dans la journée. Elle a accepté mes regrets, comme elle le devrait. »

Celle-ci obtient une réponse. Elle ne lève pas les yeux, mais elle demande : « Tu as contacté Penny ? »

« Je l'ai fait. Nous avons eu une conversation intéressante. Je crois que sa mère était également là quand j'ai appelé. »

J'entends un petit éclat de rire derrière le voile de cheveux. Apparemment, Sloane connaît un peu la mère de Penny et leurs deux tempéraments.

J'attends une réponse, mais je continue quand elle reste silencieuse. « En fait, c'était une interaction très productive. Non seulement j'ai appelé pour exprimer mes regrets, mais j'ai décidé d'adopter les chatons. »

Sloane lève la tête, surprise par mon aveu.

Je lui permets un petit sourire en continuant. « Le taux d'adoption cité par Penny était un peu plus élevé que ce à quoi je m'attendais. Elle m'a partagé une bonne nouvelle : elle a maintenant l'intention d'étendre ses services. »

Les lèvres de Sloane se recourbent sur le côté. Lorsqu'elle s'en aperçoit, elle détourne immédiatement le regard comme si elle se rappelait qu'elle ne voulait plus partager ses sourires avec moi.

« Nous avons également élaboré des plans pour collecter des fonds pour les refuges et les centres de sauvetage pour animaux locaux. »

Elle ne me regarde pas, mais l'inclinaison de sa tête me dit qu'elle écoute.

« Le groupe Hawthorne organisera un événement annuel de collecte de fonds caritatif. Le nom provisoire est Sloane's Charity Pet Date Auction. Chaque année, les familles les plus importantes d'Oakwood

City se réuniront pour enchérir sur un rendez-vous avec un animal sauvé. Nous sommes encore en train de déterminer les détails, mais Penny a déjà proposé sa tante Camila pour l'organiser. »

Sloane m'a à peine salué. La sueur me perce le front et la peur se fait sentir dans ma poitrine à l'idée que je puisse la perdre. Que mon geste grandiose ne soit peut-être pas suffisant.

« Je sais que tu ne te soucies pas de mon argent, même quand il va à tes animaux bien-aimés. Je le comprends maintenant. Mais ce n'est pas la seule raison pour laquelle j'ai décidé d'organiser un événement annuel. » Une pointe de supplication entre dans ma voix lorsque je réalise qu'elle a besoin de plus que mon personnage de connard.

« Je sais que Lily vous a parlé de la tradition Hawthorne, mais elle ne vous a probablement pas raconté toute l'histoire. Mon grand-père a lancé l'entreprise familiale et a connu un certain succès, créant finalement le groupe Hawthorne. Cependant, ce que la plupart des gens ne connaissent pas, c'est son histoire avant son succès.

« À un moment donné, il vivait dans la rue. Comme il le racontait, par une nuit froide, un homme gentil – qui ne semblait pas beaucoup mieux loti – a donné à mon grand-père la veste qu'il portait sur le dos et un billet de cinq dollars. Lorsque mon grand-père a demandé à l'étranger ce qu'il lui devait, l'étranger a répondu que lorsqu'il en serait capable, il devrait aider quelqu'un d'autre dans le besoin. Ces cinq dollars ont été le capital de départ de l'entreprise que je dirige aujourd'hui.

« En un an, mon grand-père a connu un certain succès financier et a lancé la tradition du groupe Hawthorne. Chaque mois, nous trouvons une organisation à but non lucratif ou communautaire méritante et nous la reversons. »

Finalement, elle me regarde, me perçant de ses grands yeux bleus. Je continue, ne voulant pas perdre son attention à ce stade.

« Ce n'est que lorsque mon frère m'a demandé des comptes hier que j'ai réalisé que dans mes efforts pour développer l'entreprise, j'avais peut-être perdu de vue le véritable but de la tradition. »

« Peut-être ? » demande-t-elle, un sourcil levé.

« D'accord, oui. J'ai fait une erreur. Mais c'est à ce moment-là que j'ai réalisé que je voulais lancer une nouvelle tradition Hawthorne. Quelque chose qui montre que nous nous soucions de la communauté. Quelque chose qui exprime à quel point je me soucie de toi.

« Sloane, tu es la plus belle femme que j'aie jamais connue, à l'intérieur comme à l'extérieur. Je n'aurais jamais imaginé rencontrer quelqu'un avec ta générosité d'esprit. Tu me rappelles la bonté des gens et de moi-même. Pourtant, tu n'es pas du tout une personne facile à gérer. En fait, ton entêtement rivalise avec le mien. Sauf que, là où j'ai utilisé mon entêtement pour gagner plus d'argent, tu t'entêtes à prendre soin des gens et des animaux que tu aimes. »

Les larmes coulent sur ses joues. Je crois voir une petite lueur d'espoir dans ses yeux. Il est temps de mettre toutes mes cartes sur la table.

« Je suis en train de tomber amoureuse de toi, Sloane. Je sais que je t'ai blessée et je ne te mérite probablement pas. Mais je te promets que je passerai le reste de ma vie à me rattraper. »

Elle lève la main et caresse doucement ma joue avec sa paume. Un seul contact suffit pour que je perde la tête. Je couvre sa main de la mienne, en veillant à garder le contact. En même temps, je me penche en avant, dérobant un baiser sur ses lèvres charnues et roses.

L'humidité s'accumule toujours dans ses yeux et ses lèvres commencent à sourire.

« Max », murmure-t-elle.

« Oui, mon ange ? »

« Combien as-tu donné à Penny pour les chatons ? »

Ses yeux pétillent de malice et la tension dans mes épaules disparaît. De façon inattendue, je me retrouve à rire aux éclats de soulagement.

« Plus que ce à quoi je m'attendais, mais moins que ce qu'ils valaient. » Je grogne, mais je ne peux cacher mon large sourire. « J'étais heureux de payer, Sloane. J'avais besoin de faire une compensation. De plus, je suis en train de tomber amoureux de ces chatons, tout comme je suis en train de tomber amoureux de toi. »

Cette fois, Sloane se penche en avant pour m'embrasser. Ses lèvres se posent doucement contre les miennes, comme un cadeau du ciel. Il faut un homme pécheur comme moi pour apprécier pleinement le pardon. Je ne le prendrai plus jamais, ni elle, pour acquis.

Épilogue

Sloane

Il y a un an aujourd'hui, Max m'a ordonné de nettoyer ses toilettes. J'aime toujours le taquiner à ce sujet. Heureusement, ces jours-ci, le seul endroit où Max me donne des ordres, c'est dans la chambre. C'est à cause de ce moment dans la chambre que Paige et moi décorons cette pièce.

C'est une surprise pour Max et cela a demandé beaucoup de planification. Je n'aurais jamais pu le faire sans elle, même si je suis un peu nerveuse à propos de sa réaction.

« Paige, tu as presque fini ? »

« Ouais, laisse-moi juste ajuster les rideaux. » Elle les ajuste et se recule avec un sourire. « C'est fait. »

« Allons-y. Max va rentrer du travail d'une minute à l'autre et je ne veux pas gâcher la surprise. » Je ferme la porte derrière elle alors que nous sortons de la pièce.

Paige lève les yeux au ciel. « En ce qui concerne Max, je ne pense pas qu'il y ait quoi que ce soit que tu puisses gâcher. »

Elle a raison. Il y a quelques mois, Max était à mes côtés alors que j'organisais la première vente aux enchères annuelle de charité pour animaux de compagnie. Il a peut-être regardé tout le monde dans le public avec mépris, mais je sais qu'il était fier. Mais Penny a pleuré quand elle a découvert combien d'argent nous avions récolté avec le soutien total du groupe Hawthorne.

Il fait tout pour moi. Je le sais.

Il y a eu la fois où j'ai dit à mes parents que j'emménageais avec Max, alors qu'il se tenait juste à côté de moi. Ou la fois où mon cochon d'Inde, Magik, s'est échappé de son enclos et nous avons passé trois jours à le chercher, laissant des morceaux de nourriture pour qu'il ne meure pas de faim, pour le retrouver en train de mâcher les chaussures préférées de Max. Il ne s'est même pas fâché quand je suis retourné à la bibliothèque communautaire pour discuter avec Margaret et que j'ai accidentellement laissé échapper que Max avait fait le don. Bien sûr, je lui ai fait jurer de garder le secret. Elle a été très gracieuse à propos de toute l'affaire. Et Max ne s'en est pas du tout soucié. Il m'a juste appelé son ange et m'a « puni » dans la chambre cette nuit-là.

Il n'est pas parfait. Et je suis le premier à admettre qu'il peut toujours être un connard. Mais ce qui compte le plus pour moi, c'est que quand ça compte vraiment, il se montre à la hauteur et fasse ce qu'il faut.

Paige et moi sommes debout dans le hall quand Max entre. Je suis tellement excitée que je me jette dans ses bras. « Max ! J'ai une surprise pour toi ! Emmène-moi à l'étage. »

« Je suppose que la patience n'est pas toujours ton point fort », remarque Paige en riant alors qu'elle nous suit dans les escaliers.

« Par là. Tourne à droite. » Max me porte pendant que je le dirige vers la chambre que Paige et moi venons de quitter. « Ok, maintenant arrête. »

Max lève les sourcils en signe d'interrogation. « Angel, il n'y a encore rien dans cette pièce. »

Je lève les sourcils vers lui. « Tu es sûre ? »

La chaleur monte entre nous et je me retrouve distraite par ses lèvres. Max adore quand je le défie. Je suis sur le point de presser mes lèvres contre les siennes quand Paige m'interrompt.

« Non ! Je fais partie de la surprise, mais je m'en vais si ça se transforme en porno de patron sexy. »

« En considération de ta sensibilité délicate, Paige, je vais m'abstenir. » Sa voix baisse de manière séduisante. « Pour l'instant. » Il me pose, me gardant devant lui pendant qu'il s'ajuste.

Je frissonne, toujours étonnée de notre alchimie, mais ne voulant pas être à nouveau distraite. « Ouvre. »

Max entre dans la pièce et s'arrête, figé sur place. Il regarde autour de lui, se déplaçant comme s'il était au ralenti. Sans parler, il avance, laissant traîner ses mains sur les meubles. À chaque instant qui passe, le nœud de nerfs dans mon estomac double de volume.

« Est-ce que ça te plaît ? »

Finalement, il me regarde, ses yeux bruns brillants de joie. Un instant plus tard, il me fait tomber de mes pieds. Il enfouit son visage dans mon cou, murmurant qu'il m'aime, me disant à quel point il est heureux.

Des larmes coulent sur mes joues, le soulagement m'envahissant devant la réaction de Max. Je le serre plus fort en regardant une fois de plus autour de la pièce. Le berceau dans le coin. La commode qui sert également de table à langer. L'ensemble de chaises à bascule, une pour Max et une pour moi. Le tout réalisé avec l'aide de Paige dans des couleurs vives et apaisantes. La pièce parfaite pour le nouveau membre de notre famille.

Quelques minutes plus tard, il lève la tête et me regarde, clignant des yeux pour chasser les larmes de ses yeux.

« C'est peut-être un peu décevant, mais j'ai une surprise pour toi aussi. »

« Et toi ? »

« Oui. » Il me prend la main et me guide dans le couloir, nous conduisant en bas, jusqu'à ce que nous soyons pratiquement de l'autre côté de la maison. Nous nous arrêtons devant une porte fermée.

« Ouvre-la. »

Méfiante, je jette un coup d'œil à Paige. Elle se mord la lèvre, essayant de contenir son sourire.

J'ouvre la porte. C'est mon tour de rester figée de surprise. Max a transformé l'une des pièces en aire de jeu pour les chats. C'est le paradis des chatons. Un arbre artificiel « pousse » dans le coin. Des passerelles pour chats traversent et entourent la pièce, la plupart d'entre elles à six pieds ou plus. Des ponts relient divers poteaux. Il y a des hamacs pour chats, des tunnels, des souris qui couinent et ce qui ressemble à une fontaine avec de l'eau courante fraîche.

« Est-ce un espace extérieur ? » Je me dirige vers la fenêtre complètement abasourdie.

Paige sautille à côté de moi avec une excitation contenue. « Ils peuvent passer par la fenêtre ici et elle se connecte à une zone entièrement confinée à l'extérieur pour que les chats puissent s'allonger au soleil quand ils le souhaitent ! Nous en avons une similaire pour Kitty. Elle l'adore. C'est un changement agréable pour mon mari. Kitty finit généralement par jouer avec ses chaussures, et comme elle est petite et noire, il a toujours peur de lui marcher dessus. » Quand elle s'arrête pour reprendre son souffle, Max l'interrompt.

« Est-ce que ça te plaît ? »

Cette fois, c'est à mon tour de m'enrouler autour de lui. C'est de loin le meilleur jour de ma vie. « C'est incroyable. Je n'arrive pas à croire que tu aies fait ça dans mon dos », je murmure en souriant contre son cou.

« Pardonne-moi ? » Il a l'air d'un snob, mais je peux entendre le rire dans sa voix. « C'est toi qui as conçu une chambre d'enfant en secret. »

Comme si nous l'avions planifié, nous regardons tous les deux Paige. Elle lève les mains en l'air et se dirige vers la porte ouverte. Elle sourit tout en protestant de son innocence. « J'ai juste fait ce que tu m'as dit de faire. Maintenant, je vais partir et vous laisser faire ce que vous voulez. »

Une fois Paige partie, Max me plaque contre le mur. « Je pense qu'il est temps de faire du porno avec un patron sexy. »

Je grogne, incapable de contenir mon amusement. Je mets ça sur la liste des choses que je n'aurais jamais pensé qu'il dirait.

« Est-ce que tu me mets au défi, mon ange ? » La voix de Max est terriblement sérieuse. Mon cœur se contracte par anticipation. Il sait exactement ce qu'il me fait quand il utilise ce ton.

« Non, monsieur. »

Il secoue la tête devant le soupçon de malice dans ma voix, mais je connais la vérité. Mon homme pêcheur adore quand je lui tiens tête. Quand ses dents trouvent ma lèvre inférieure, mordillant en signe de punition, je dois admettre que j'ai aussi un côté pêcheur en moi.

Don't miss out!

Visit the website below and you can sign up to receive emails whenever Frantz Cartel publishes a new book. There's no charge and no obligation.

https://books2read.com/r/B-A-MFRLB-GEPBF

BOOKS 2 READ

Connecting independent readers to independent writers.

Did you love *Patron pécheur*? Then you should read *Chance*[1] by Frantz Cartel!

Jovie

Entre la gestion d'une entreprise prospère et la tentative d'écrire un roman à succès, je n'ai ni le temps ni l'énergie pour le genre de romance sur laquelle j'aime écrire.

Alors, j'ai laissé tomber.

Le fait est que la vie a une drôle de façon de vous offrir ce dont vous avez besoin quand vous vous y attendez le moins. Et croyez-moi, je ne m'attendais pas à ce qu'un caniche soit celui qui amène une Britannique sexy dans mon monde.

Ewan

---

1. https://books2read.com/u/bMBl65

2. https://books2read.com/u/bMBl65

Un accident tragique m'a laissé du temps pour une seule femme dans ma vie - ma petite sœur, Amelia. Élever une adolescente est déjà assez de travail sans ajouter les tracas qui accompagnent les relations.

Mais lorsque mon chien désobéissant, Clark, percute une dresseuse de chiens sexy et s'incline pratiquement à ses pieds, l'attirance est immédiate.

L'alchimie entre nous est difficile à combattre et Jovie s'intègre parfaitement dans ma vie avec Amelia.

C'est tout ou rien quand quelqu'un d'autre décide de changer les règles du jeu. Quelqu'un de mortel, qui a les yeux rivés sur ce qui m'appartient

Also by Frantz Cartel

Bouche à bouche

La première Noëlle de Storme

Frappant

Le cœur n'est jamais silencieux

Une nuit dans une tempête de neige

Les plaisirs du carnaval

Nuits d'été moites

Sauver la mariée

Été de femme chaude

Un petit elfe dans les parages

L'assistant du milliardaire

Mon petit garçon

Valeur

La petite amie du gangster

Plus que lui

La malédiction de la débutante

L'amour de la douleur

Appuie-toi sur moi

Osez-vous

Couvrant ses six

Les garçons de l'automne

Protéger son obsession

Son corps céleste

Donut taquine-moi

Aimer le patron

L'explosion

Quand elle était méchante

Venise

Osez être coquin

Le patron de papa

Le baiser de septembre

Le voisin d'à côté

Trois règles simples

Milton Keynes UK
Ingram Content Group UK Ltd.
UKHW032035191024
449814UK00010B/516